www.tredition.de

AF142943

MARTIN (MARLIN) NEIDHART

***

SHEWADSNEH

Die Schlacht am Little Bighorn

www.tredition.de

Verlag und Druck: tredition GmbH, Halenreie 40-44, 22359 Hamburg

ISBN
Paperback: 978-3-347-02169-3
Hardcover: 978-3-347-02170-9
e-Book: 978-3-347-02171-6

"Die Weissen haben uns viel versprochen, mehr als ich aufzählen kann, aber gehalten haben sie nur ein Versprechen; sie schworen, unser Land zu nehmen, und sie haben es genommen."

Red Cloud
Häuptling der Oglala Teton Sioux

Prolog

Vertrag von Fort Laramie, 1868:

"Es ist keiner weissen Person gestattet, sich in irgendeinem Teil des Territoriums anzusiedeln oder niederzulassen oder dasselbe ohne Einwilligung der Indianer zu passieren."

9. Dezember 1875:

"Edward P. Smith, der Kommissar für indianische Angelegenheiten, weist die Sioux- und Cheyenne-Agenten an, sämtliche ausserhalb der Reservate befindlichen Indianer aufzufordern, sich bis zum 31. Januar 1876 bei ihren Agenturen einzufinden; wenn sie nicht Folge leisteten, werde man sie 'durch Militär dazu zwingen'."

7. Februar 1876:

"Das Kriegsministerium bevollmächtigt General Sheridan, Kommandeur der Military Division Missouri, mit Operationen gegen die 'feindseligen Sioux', darunter die Gruppen unter Sitting Bull und Crazy Horse, zu beginnen."

8. Februar 1876:

"General Sheridan befiehlt den Generälen Crook und Terry, Vorbereitungen für militärische Operationen im Quellgebiet des Powder, Tongue, Rosebud und Bighorn, 'wo sich Crazy Horse und seine Verbündeten häufig aufhalten', zu treffen."

Zitate:

"Der Grosse Vater hat den Kommissaren gesagt, dass alle Indianer Rechte in den Black Hills haben, und dass jeglicher Beschluss, den die Indianer fassen, respektiert werden soll... Ich bin ein Indianer, und die Weissen halten mich für dumm - wohl deshalb, weil ich den Rat des weissen Mannes befolge."
SHUNKA WITKO (FOOL DOG)

"Ihr habt eure Köpfe zusammengesteckt und eine Decke darüber gebreitet. Dieser Berg dort ist unser Reichtum, und ihr habt ihn von uns verlangt... Ihr Weissen seid alle in unsere Reservate gekommen und habt uns unser Eigentum weggenommen, doch damit seid ihr nicht zufrieden - ihr wollt uns alle unsere Schätze nehmen."
DEAD EYES

"Wir haben dagesessen und zugesehen, wie sie vorbeizogen, um Gold zu holen, und wir haben nichts gesagt... Meine Freunde, als ich nach Washington fuhr, ging ich in euer Geldhaus, und ich hatte einige junge Männer bei mir, doch keiner von ihnen hat irgendwelches Geld aus diesem Haus genommen, während ich bei ihnen war. Zur gleichen Zeit kommen die Leute eures Grossen Vaters in mein Land und gehen in mein Geldhaus (die Black Hills) und nehmen Geld heraus."
MAWATANI HANSKA (LONG MANDAN)

"Die Weissen in den Black Mills sind wie Maden; sorgt so schnell wie möglich dafür, dass sie verschwinden. Der Häuptling aller Diebe (General Custer) hat letzten Sommer eine Strasse in die Black Hills gebaut, und ich möchte, dass der Grosse Vater den Schaden, den Custer angerichtet hat, bezahlt."
BAPTISTE GOOD

"Wir wollen hier keine Weissen. Die Black Hills gehören mir. Wenn die Weissen sie uns wegzunehmen versuchen, werde ich kämpfen."
TATANKA YOTANKA (SITTING BULL)

"Man verkauft nicht die Erde, auf der die Menschen wandeln."
TASHUNKA WITKO (CRAZY HORSE)

Kapitel 1

Dezember 1875:

Es schneite unablässig, als Scott Fitzgerald mit seinem Begleiter, Red Smooth - einem Halbindianer, den er als Übersetzer mitgenommen hatte - auf ihren Braunen - in dicke Bärenfellkleidung eingehüllt - durch den tiefen Schnee voranritten.

Es herrschte eine beissende Kälte vor, so dass die Spucke gefror, ehe sie den Boden berührte. Sie befanden sich in der Nähe von Bear Butte, nördlich der Black Hills.

Die beiden Kuriere waren schon seit Tagen unterwegs - mit einem Auftrag der _Indian Bureaus_, den sie den Häuptlingen der freilebenden Indianern im Powder River Land überbringen sollten.

"Siehst du es? Dort hinter dem entfernten Hügelkamm; die dünnen Rauchfahnen, die zum Himmel emporklettern?" bemerkte Red Smooth. "Dort muss sich das Tipidorf von Crazy Horse befinden!"

"Du hast recht. Jetzt sehe ich es auch. Also haben wir sie doch noch gefunden."

Sie lenkten ihre Pferde dahin und innerhalb der nächsten Stunde erreichten sie das grosse Tipidorf.

Am Dorfeingang wurden die beiden von zwei Wachtposten abgefangen.

"Was wollt ihr hier?" fragte einer der Wachen barsch.

Red Smooth antwortete ihm: "Wir haben eine wichtige Botschaft vom grossen Vater in Washington und wollen mit Crazy Horse sprechen, dem gewaltigen Häuptling der grossen Oglala."

"Dann steigt von euren Pferden ab und folgt mir nach." wies der eine Posten sie an.

Die beiden handelten wie ihnen geheissen wurde und zogen die Pferde an den Zügeln hinterher

Die Dreiergruppe stapfte mitten durchs grosse Indianerdorf ins Zentrum hinein - da, wo der Wigwam von Crazy Horse stand.

Argwöhnische Blicke von einigen herumstehenden, palavernden Kriegern folgten ihnen. Fremde Kuriere waren hier unerwünscht - das spürten sie.

Der Wachtposten stand nun unmittelbar vor dem Eingang zum grossen Häuptlingstipi und sprach in halblautem Ton: "Mächtiger Crazy Horse, zwei Kuriere aus den Indian Bureaus wünschen dich zu sprechen."

Mit einer schroffen Handbewegung wurde der Zelteingang zurückgeschlagen und der junge, grossgewachsene, kräftige Indianerführer stand in dichter Fellbekleidung vor ihnen.

Mit einem scharfem Blick aus seinen schwarzen Augen musterte er die beiden und fragte dann Red Smooth im Oglala-Dialekt: "Was habt ihr mir mitzuteilen? Sprecht!"

Mit der Hilfe von Red Smooth antwortete der etwas grobschlächtige Scott dem rund einen Kopf grösseren Häuptling auf folgende Weise: "Crazy Horse, Häuptling der Oglala, der grosse Vater in Washington möchte, dass du dich bis zum 31. Januar... Bei einer der Agenturen in South Dakota oder Nebraska einfinden sollst, um über wichtige Dinge zu sprechen und zu verhandeln."

"Sag deinen Leuten, dass ich erst kommen kann, wenn die Kälte den warmen Winden weicht." erwiderte der Häuptling freundlich.

"Ich werde die Antwort von Crazy Horse so weitergeben." antwortete Scott Fitzgerald und die beiden verabschiedete sich.

Darnach stiegen sie wieder auf ihre Pferde und ritten davon. Doch die anhaltenden Stürme und die eisige Kälte waren mit ein Grund, dass die Antwort von Crazy Horse erst Wochen nach dem 31. Januar an ihren Bestimmungsort gelangte.

Das Ultimatum - der 31. Januar 1876 als letzte Frist - kam einer Kriegserklärung an die freilebenden Indianerstämme gleich. Und das war es auch. Es ging um ergiebige Goldvorkommen in den Black Hills. Um diese zu erlangen, war den Weissen jedes Mittel recht.

Der Vertrag, der 1868 im Fort Laramie abgeschlossen wurde, war bloss noch ein wertloses Stück Papier.

******

Kapitel 2

Ende Februar 1876:

Shewadsneh, der weisse Indianer, trabte mit seinem Blaurappen im Tal des French Creek flussaufwärts. Das den Übernamen *"Gold Valley"* hatte, seit General Custers Kavallerieregiment hier 1874 in einer illegalen Expedition in die Black Hills mithilfe von Geologen Goldvorkommen entdeckte.

Dieser Fund löste einen Goldrausch aus und bis Ende 1874 entstand hier eine wilde Zelt- und Hüttenstadt, angefüllt mit Nugget Digger, Glücksritter, Abenteurer und Gesetzlosen.

Ab Mitte 1875 nannten die Bewohner diesen Ort in Erinnerung an den Konföderierten General Thomas Jonathan Jackson zuerst *"Stonewall"* und dann - Ende 1876 - *"Custer"*.

Es herrschte hier vorwiegend Anarchie und es galt das Recht des Stärkeren.

Diese illegale Goldgräberstadt befand sich im Black Hills Gebiet, das von der US-Regierung vertraglich zugesichertes Eigentum der Indianer war.

Sein Freund aus früheren Abenteuern um den Bozeman Trail, der Goldschürfer Sam Coperfield, hatte ihn um Hilfe angefleht, da der Thompson Clan ihm seinen Claim streitig machte.

Dessen Kurzbrief hatte er über den improvisierten Pony Express erhalten.

Diesen hatten die Bewohner der Goldgräbersiedlung in einer geräumigen Höhle organisiert.

Er arbeitete zu diesem Zeitpunkt für mehrere Monate als Scout in Fort Robinson, einer Station des neuen Pony Express.

Nachdem er den Brief im Januar 1876 erhalten hatte, begab er sich unverzüglich auf den längeren Ritt, denn wahre Freunde lässt man nicht im Stich.

Nun befand er sich noch etwa drei Meilen von Stonewall entfernt. Es begann wieder heftiger zu schneien und wenn ihn sein Instinkt nicht trübte, hing ein Schneesturm in der Luft. Deshalb trieb er den Rappen etwas stärker an, um rechtzeitig in der sicheren Town zu sein.

Nach einem kurzen, harten Ritt erreichte er den Ort.

Er trabte die Main Street entlang, an denen sich beidseits Saloons, Glücksspielhäuser, General Stores, schäbige Motels und ein latentes Bordell anhäuften.

Am Ende der Main Street, zur rechten Hand, sah er den Stall zur Unterbringung und Verpflegung der Pferde. Er stieg dort ab und führte den Blaurappen an den Zügeln hinein. Darnach befreite er ihn vom Sattelzeug und den Decken, trocknete ihn ab und gab ihn dann dem Stallburschen für zwei Dollar in Obhut.

"Well, Boy, gib gut auf ihn acht. Tränke und füttere ihn mit dem Besten, was ihr habt. Ich schenke dir dann beim Abholen noch einen Vierteldollar dazu." lächelte Shewadsneh.

"Geht in Ordnung, Sir." freute sich der junge Bursche und machte sich an die Arbeit.

Danach nahm er seine legendäre Henry Rifle aus dem Sattelschuh, verliess den öffentlichen Pferdestall und schritt im Schneegestöber auf das ihm nahestehende, mittelgrosse Motel zu. Das sich auf breiten Lettern angeschrieben *"Gold-Star"* nannte.

Er stiess die Türe auf und betrat den mit Whiskydunst und Rauch verhangenen Eingangsbereich des Hauses.

In dessem kleinen Saloon angekommen, wusste er, dass er den richtigen Riecher gehabt hatte.

Zur linken Hand erblickte er den Rücken einer ihm bekannten Silhouette. Diese sass an einem kleinen Tisch und verzehrte eine Mahlzeit.

Die hagere Gestalt, der hohe Zylinderhut und der abgetragene, schwarze Frack waren unverkennbar.

Er schritt rasch auf ihn zu, so dass er ihn von der Seite mustern konnte, und rief aus: "Sam, altes Haus!"

Der Angesprochene drehte sich ihm zu und antwortete freudig: "Shewadsneh! Hier in dieser lausigen Town, hätte ich dich nie so früh erwartet!"

Er unterbrach die Mahlzeit, stand auf und sie umarmten einander herzlich.

"Komm, setz dich an den Tisch. Ich spendiere dir eine Mahlzeit. Du hast sicher schon länger nichts mehr im Magen gehabt." lud ihn der Freund ein.

"Yeah, mein Magen knurrt wie ein hungriger Grizzly." lächelte der weisse Indianer, setzte sich neben ihn und lehnte seine Rifle am kleinen Tisch an.

"Madame! Bitte nochmals dasselbe für meinen Freund hier!" rief Sam der Dame hinter der Theke zu.

"OK!" rief sie zurück. "Nochmals Eier mit Speck," wies sie darauf die Küchenmannschaft an.

"Und nun zu dir, Sam. In diesem Nest scheint ja einiges krumm zu laufen?"

14

"Du hast den verdammten Nagel auf den Kopf getroffen. Die Thompson Brüder wollen die ergiebigsten Claims an sich reissen. Viele haben schon klein beigegeben und verkauft. Aber meinen können sie mir nicht wegnehmen, so wahr ich Sam Coperfield heisse."

Wenige Minuten später brachte die Bardame den Teller mit dem Essen.

"Wohl bekomms." lächelte sie.

"Thanks," grinste Shewadsneh.

Sie erwiderte das Lächeln und begab sich wieder hinter die Theke.

In Kürze verschwand die Mahlzeit in Shewadsnehs Magen.

"Yeah, dass du einen solchen Kohldampf hast, habe ich mir beinahe gedacht. Wie war der Ritt?"

"Der Schnee machte den Weg schwierig, aber wie du ja weisst ist mein Hengst ein erstklassiger Blaurappe."

"Allright, so mancher wünscht sich so ein Klassehengst." bestätigte Sam.

"Er ist eben ein echter Cheyenne Rappe." lächelte Shewadsneh.

Während die beiden so miteinander redeten, wurde etwas ruckartig die Eingangstüre aufgerempelt. Der Wind trieb einige Schneeflocken herein und zwei der drei Thompson Brüder - in Büffeledermäntel eingehüllt - betraten etwas angetrunken den Saloon. Sie fühlten sich als Herren der Town hier und benahmen sich dementsprechend.

Sofort erblickten sie die beiden Freunde am Tisch und traten näher heran.

Ike, der hagere und grössere der beiden, fing an zu stänkern: "He! Schaut mal her! Hockt hier nicht unser Nugget Digger Sam... Dazu noch mit einem - wie es scheint - Freund?!"

"Da hast du recht! Er frisst und sauft hier ganz gemütlich!" kommentierte sein etwas untersetzter und rundlicher Bruder Joe.

"Na, wollten wir nicht etwas mit ihm besprechen?" meinte Ike.

"Genau! Hey Sam, willst du uns nicht endlich deinen verdammten Claim zu unserem Vorzugspreis verkaufen... hä?"

"Ich werde euch beiden Halunken gar nichts verkaufen!" konterte Sam.

"Hast du das vernommen? Der Stinker wird frech." heizte Joe die Situation noch mehr an.

"Ja! Wo sind wir denn, so ein hochanständiges Angebot zurückzuweisen? Das geht doch nicht." knurrte Ike.

"Eben!" betonte der Dicke.

"Hört mal zu, ihr Maden. Es gibt hier nichts zu verhandeln. Ich behalte den Claim und damit basta." bockte Sam.

Augenblicklich stieg die Spannung zwischen den vier Männern rapide an.

Shewadsneh registrierte ein Aufblitzen in den Augen des Hageren, als dieser seinen Mantel beinahe unmerklich leicht öffnete. Ein untrügliches Warnsignal! Er packte seine Rifle und liess sich unverzüglich mit dem Stuhl nach hinten fallen. Dabei riss er den überraschten Sam mit dessem Stuhl mit sich! Keine Sekunde zu spät! Der Schuss aus dem Colt, den Ike wie durch Zauberei aus dem Holster unter dem Büffelmantel zog, blies den Zylinder von Sams Kopf herunter! In demselben Moment krachte Shewadsnehs Henry Rifle! Er hatte den Abzug während dem Rückwärtsfallen durchgezogen und schoss aus der Hüfte heraus den Colt aus Ikes Hand!

"Damned!" fluchte dieser, als ihm das Schiesseisen entfiel und auf den ausgetretenen Dielenboden schepperte.

Er hielt seine schmerzende Hand, die durch den Gewehrschuss einen blutigen Streifen empfangen hatte.

Joe zog es vor, nicht zu schiessen, aber lästerte: "Verdammter Nugget Digger! Dein flinker Freund hat dich gerettet."

Das Saloon Personal verzog sich hinter die Theke und die wenigen Gäste beeilten sich, aus der Schusslinie zu kommen.

Die beiden Freunde erhoben sich nun eiligst vom Boden und Shewadsneh sprach, das Gewehr im Hüftanschlag: "Das war ein heimtückischer Angriff, Brüder. Sam hatte nichts verbrochen. Er wollte nur seinen sauer erworbenen Claim nicht an euch Halunken verscherbeln."

Ike hob den Colt vom Boden auf und versorgte ihn wieder im Holster. Danach antwortete er: "Für heute habt ihr die Trümpfe in der Hand, aber es wird noch ein anderes Mal geben. Komm, Joe, wir gehen."

Die beiden Brüder verliessen zerknirscht den Saloon.

Das Personal kam wieder hinter der Theke hervor und die Gäste begaben sich wieder an ihre Plätze.

Man machte hier nicht viel Aufhebens wegen einer Schiesserei. Das kam in diesem rauen Nest des Öfteren vor.

Ein bärtiger, rothaariger Goldschürfer trat aus der hintersten Ecke des kleinen Saloons rasch an die Gefährten heran und stiess bewundernd hervor: "Das war verdammt knapp und hätte leicht ins Auge gehen können. Sam, wer ist dein schneller Freund hier?"
"Fred! Das ist mein teurer Freund Shewadsneh. Man erzählt sich, dass er mit diesem Gewehr aus 13 Yards Entfernung zehn Flaschen Whisky schneller und genauer wegschiessen kann als ein Gunfighter."
"Yeahh! Von *She-wad-sneh, dem weissen Indianer,* habe ich schon gehört - drüben, am Yellow Stone River, bei Tauschgeschäften mit den *"peaux-rouges".* Er ist, wie ich sehe, verdammt schnell. Schneller als irgendjemand, den ich schiessen gesehen habe."
"Sein Ruf kommt nicht von ungefähr, Fred."
"Nun kennen sie mich, Sam. Von jetzt an müssen wir doppelt so vorsichtig handeln." gab der athletische, weisse Hüne zu bedenken.
Er war in eine Büffellederbekleidung mit befransten Nähten eingekleidet und markante Gesichtszüge prägten sein sonnenverbranntes Antlitz, aus dem hellblaue Augen hervorstachen. Dazu trug er schulterlanges, dichtes, weissblondes Haar, das unter dem lichtgrauen Stetson hervorquoll.
"Das empfehle ich euch wärmstens. Der Thompson Clan lässt sich nicht die Stirn bieten. Von jetzt an ist die lebendige Hölle hinter euch her." mahnte Fred.
"Der alte Sam hat schon ganz andere Dinge gemeistert." posaunte Coperfield selbstbewusst heraus.
"Über die Nacht könnt ihr in meiner Blockhütte nächtigen. Sie steht etwas ausserhalb - nördlich von Stonewall - in einem Waldstück." eröffnete Fred ihnen ein Angebot.

"Diese Idee ist nicht übel. So werden unsere neuen Feinde uns nicht so rasch aufspüren." lächelte Shewadsneh.

Nachdem Sam die Mahlzeiten bezahlt hatte, verliessen die drei das Motel, holten ihre Pferde ab und ritten zur Hütte von Fred.

Inzwischen wurde es Abend und es schneite wieder heftiger. Aber der befürchtete Schneesturm blieb aus.

******

Kapitel 3

Februar 1876:

Im Nordosten Nebraskas, in der Great Sioux Reservation, brach eine Gruppe junger Northern Cheyenne und Oglala Sioux zum Powder River Land auf, um dort zu jagen.

Sie wussten, dass es im Powder River Land grosse Gabelbock- und Bisonherden gab. Von denen wollten sie einige Tiere erjagen. Deshalb machten sie sich frühzeitig auf den Weg, um mit ihren Pferden dahinzureiten.

Der Anführer dieser Gruppe war Black Eagle - ein kräftiger Oglala Sioux, der sich zuweilen auch recht ungestüm aufführen konnte. Ja, sie waren alle jung und hitzköpfig.

Nun waren sie schon mehrere Tage unterwegs und ihr Herz frohlockte über ihre Freiheit ausserhalb der Reservation.

Sie legten einen kurzen Rasthalt ein und verzehrten das Wild, das sie auf ihrem bisherigen Weg erlegt hatten. Es waren einige Wildhasen, die sie nun über dem Feuer brieten.

Während sie so ums Feuer herumhockten und ihre Beute verzehrten, meinte Black Eagle: "Wir müssen weiter nördlich reiten, in die Gegend, wo der Little Powder in den Powder mündet. Dort gibt es grössere Gabelbockherden und sicher auch Bisons."

"Da hast du recht," antwortete ihm White Feather, ein Northern Cheyenne. "In wenigen Tagen fängt die grosse Schneeschmelze an und die Wildnis erwacht wieder zu neuem Leben. Eine gute Zeit für die Jagd."

"Dem kann ich nur beistimmen und *Wakan Tanka* wird uns reichlich belohnen," bestätigte nun Black Bear- auch ein Oglala Sioux.

Die Gruppe bestand aus zwei Oglala Sioux und zwei Northern Cheyenne, also insgesamt vier Männer.

"Die Tage werden wärmer und der Frost geht zurück und bald werden meine Augen den Little Powder sehen," freute sich Silver Bird, der andere Northern Cheyenne.

Nachdem sie einige Zeit geruht und sich gestärkt hatten, beschlossen sie weiterzureiten, um die warme Wintersonne auszunutzen, die die Kälte nun erträglicher machte.

Gegen den Abend waren sie schon weit ins Powder River Land eingedrungen und richteten in der kleinen Lichtung eines Kiefernwaldes ihr Nachtlager um ein kleines Nachtfeuer herum ein. In regelmässigen Abständen lösten sie einander bei der Nachtwache sowie dem Beaufsichtigen der Pferde ab.

Am nächsten Morgen ritten sie gegen Nordwesten weiter.

***

Es war schon um die Tagesmitte und die Sonne stand im Zenit, als sie einen großen Kiefernwald erreichten.

Die Indianerpferde wurden unruhig, denn eine fremde Witterung zog durch ihre Nüstern.

Black Eagle warnte seine Gefährten: "Es muss sich jemand im Kiefernwald aufhalten, der uns beobachtet. Haltet eure Gewehre schussbereit!"

Die Gruppe riss ihre Gewehre aus den Sattelschuhen und mit erhöhter Aufmerksamkeit trabten sie langsam und konzentriert auf den Wald zu.

Als Silver Bird - der Vorderste von ihnen - sich bis auf 80 Yards angenähert hatte, kam ein hünenhafter Indianer - in dichte Fellkleider eingehüllt und auf einem Schimmel reitend - aus dem Wald hervor.

Dieser trabte nun langsam auf sie zu. Ihm folgten drei kräftige Krieger - reitend auf ihren Braunen und mit Büffellederumhängen bedeckt.

Unmittelbar vor Black Eagle hielt er an und fragte: "Was suchen die jungen Oglala Sioux und Northern Cheyenne in den Jagdgründen von *Crazy Horse?*"

Der Angesprochene erwiderte: "Black Eagle bereut, dass er den unbesiegten Crazy Horse nicht sofort erkannt hat. Meine Blutsbrüder und ich wollen für unsere Verwandten und Stammesangehörigen hier im Powder River Land Gabelböcke und Bisons erjagen."

"Das ist ein gutes Vorhaben, wenn ihr aus der grossen Sioux Reservation stammt, die Red Cloud vom weissen Vater in Washington erhalten hat und in der unser Volk in Unfreiheit lebt." lächelte der Häuptling.

"Der mächtige Crazy Horse hat es erkannt. Wir kommen aus dieser Reservation." antwortete Black Eagle.

"Ich sehe, dass die jungen Jäger ein ehrliches Herz haben. Deshalb mache ich ihnen ein Angebot: Ihr könnt sich uns anschliessen und wir werden gemeinsam auf die Jagd gehen."

"Wir werden deine Einladung annehmen. Ja, es ist uns eine Ehre, sich dem unvergleichlichen Crazy Horse anzuschließen." lächelte Black Eagle.

"Dann folgt mir!"

Vereinigt ritten sie nun weiter zum Powder River.

Kapitel 4

Ende Februar, Anfang März 1876:

General Three Stars George Crook war mit einer Kolonne Kavalleristen auf dem Bozeman Trail im Powder River Land nach Norden unterwegs. Sein Auftrag lautete, die Tipidörfer der freien Indianerstämme zu finden und diese in die Reservate zu zwingen.

Dies geschah gemäss den Befehlen von Generalleutnant Philip Henry Sheridan.

Es lag tiefer Schnee, war bitterkalt und schneite unablässig. Deswegen kamen sie nur schleppend vorwärts und mancher Blaurock fluchte saumässig vor sich hin.

Ihr Ziel war das Quellgebiet des Powder River. Sie vermuteten, dort am ehesten auf grössere Indianergruppen zu stossen.

Obwohl bald der März vor der Türe stand, hatte sich Väterchen Winter noch immer nicht verabschiedet.

Als auch noch ein Schneesturm aufzog, wurde das Ganze für Crook zu mühsam.

Deshalb beschloss er eine Massnahme: Er stoppte seinen Braunen, drehte seinen Oberkörper auf dem Pferd nach hinten um und schrie: "Colonel Reynolds! Hierher!"

In Kürze preschte der Gerufene mit seinem Pferd nach vorne.

Als er bei ihm angelangt war, antwortete er dienstbeflissen: "General, zu ihrer Verfügung."

"Colonel! Wir müssen uns sofort in den nächsten Kiefernwald verschieben! Sonst gehen wir hier alle beim aufkommenden Schneesturm drauf!"

"Verstanden!" brüllte Reynolds. Er preschte zur Kolonne zurück und gab den Befehl: "Zum Kiefernwald abschwenken, eine halbe Meile links vor uns!"

Die Truppe machte einen schwerfälligen Marschhalt und änderte unter den Anordnungen der Sergeanten ihre Richtung zum Wald.

Der Schneesturm entfesselte allmählich seine gesamte Urgewalt! Er blies der Truppe Eiskörner ins Gesicht und drängte in jede noch so kleine Lücke ihrer Soldatenkleidung hinein. Die Pferde schnaubten und stampften im meterhohen, aufgewirbelten Schneestaub vorwärts.

Nach einem wie es schien unendlichen Zeit- und Kraftaufwand, gegen den stossenden Sturm ankämpfend, erreichte die Kolonne den Wald, der ihnen zumindest fürs erste Schutz versprach.

Kaum war die Einheit mitsamt Maultieren und Gepäck in den Wald eingetreten, heulte der Blizzard auf. Er drückte mit solcher Gewalt in den Nadelwald hinein, dass unweigerlich der Eindruck entstand, er wolle diesen wegpusten.

"Gott sei Dank!" keuchte Crook, als sie alle im sicheren Bereich des mächtigen Waldes standen.

"Da sind wir dem Sensenmann wohl noch einmal von der Schippe gesprungen," grinste Reynolds.

"Nun mal halblang," knurrte Captain Egan. "Wir müssen noch die aufkommende Nacht überstehen. Der Blizzard hat erst angefangen, uns allen seine Todeszähne zu zeigen!"

"Wir werden hier ein Notlager aufstellen und den verdammten Sturm abwarten." meinte Crook. "Colonel ausführen!

Reynolds machte sich sofort an die Arbeit. Kurze Befehle klangen durch die Reihen der Kavalleristen und es kam Bewegung in die Männer.

Nach einer Weile hatten sie ihr mühsames Werk zustandegebracht.

In einer freien Lichtung entzündeten sie in den ausgehobenen Schneelöchern einige kleine Lagerfeuer. Anschliessend hockte die Truppe drumherum und trank vom heissen Tee, den Proviantchef Smith ihnen zubereitet hatte.

"Wird einem doch gleich besser beim Schlürfen dieses heissen Gesöffs." bemerkte Egan.

"Schätze, wird wohl noch einige Tage andauern bis wir auf die ersten peaux-rouges stossen." sagte Smith zum Colonel, während er ihm den Blechbecher nachfüllte.

"Da hast du nicht ganz unrecht. Die verflixten peaux-rouges wissen sich gut zu verkriechen."

"Ich denke, in der Nähe der Mündung vom Little Powder in den Powder River werden wir sicher fündig werden." sprach Egan.

"Und dann werden wir ihnen einheizen." lachte Smith.

"Ja, mit Bleikugeln." fügte Reynolds hinzu.

Während sie so miteinander redeten, entwickelte der Sturm seine volle Stärke. Er brauste immer forscher durch den dichten Kiefernwald. Dennoch war es hier drin einigermassen erträglich.

Die reduzierte Lagerwache wurde organisiert und General Crook befahl die Kavalleristen in die Mannschaftszelte hinein.

Eine unruhige Nacht erwartete sie.

Kapitel 5

Shewadsneh, Fred und Sam ritten langsam und bei leichtem Schneegestöber aus dem abendlichen Stonewall hinaus und weiter zum Waldstück, wo Freds Blockhütte stand.

Das Tageslicht wich zunehmend der aufkommenden Dämmerung, die diesen Landstrich allmählich einhüllte.

Sie befanden sich nun etwa eine halbe Meile vor dem Nadelwald. Es gab hier verschiedene grössere, teils gewaltige Felsbrocken, die gruppiert oder als Einzelstücke die Gegend markierten.

Shewadsneh warnte seine Gefährten, die ihn links und rechts mit ihren Pferden flankierten, mit leiser, eindringlicher Stimme: "Das Halbdunkel hier ergibt einen willkommenen Ort für ein heimtückisches Attentat."

"Da geb ich dir recht, Kumpel." knurrte Sam.

Kaum kroch dies über seine Lippen, blitzte von dem links gelegenen, mächtigen Felsbrocken das Mündungsfeuer einer Winchester auf. Die hinterlistige Kugel surrte knapp an Sams Schädel vorbei und echote an den herumstehenden Gebirgsbrocken.

Die graue Stute von Sam scheute und Fred hatte Mühe seinen Braunen ruhig zu halten. Er musste dessen Zügel hart führen. Einzig der Blaurappe Shewadsnehs reagierte ruhig auf den Schenkeldruck seines Meisters, als dieser rief: "Sofort in Deckung!"

Im Galopp preschten die drei hinter die rechte, nächststehende Felsengruppe.

Währenddessen pfiffen ihnen weitere Kugeln um die Ohren, die jedoch ohne Erfolg umhersurrten!

In sicherer Deckung angekommen, sprangen sie von ihren Pferden, banden diese im Tempo der Gehetzten an den kurzen, aus dem Schnee herausragenden Wildbüschen fest, schnappten ihre Gewehre, krochen den Felsrücken hoch und nahmen den umfangreichen, gegenüberliegenden Felsbrocken ins Visier.

Für zwei Minuten war es dort vollkommen still, dann bellten zwei Winchester auf.

Deren Kugeln kratzten die Oberflächen des Felsens, hinter dem die Gefährten Deckung genommen hatten, und jaulten anschliessend irgendwohin!

"Das riecht mir, verdammt nochmal, nach einem Mordanschlag. Es würde mich nicht wundern, wenn die Thompsons dahinterstecken." raunte Sam seinem Freund zu.

"Well, da könntest du recht haben. Aber anscheinend sind sie stark angetrunken, darum treffen sie so schlecht..." flüsterte Shewadsneh.

Fred, der sich gerade mal zwei Yard neben den beiden positioniert hatte, zischte zu ihnen herüber: "Sie wollen uns hier festnageln."

In diesem Moment kreischte die Stimme von Ike aus dem gegenüberliegenden Felsen in die winterliche Stille hinein: "Ihr habt keine Chance! Verstärkung ist unterwegs! Wir machen euch fertig!"

Dem krähte Joe hinzu: "Sprecht eure Gebete! Euer letztes Stündlein hat geschlagen!"

Ike brüllte nun: "Hey, Sam! Eine letzte Möglichkeit gebe ich dir noch. Überschreibe uns deinen verdammten Claim und wir lassen euch lebend ziehen! Ansonsten werdet ihr ein Frass für die Wölfe!"

"Nichts überschreibe ich euch, ihr Halsabschneider!" schrie Coperfield zurück.

Dem folgte ein wahrer Kugelregen, so dass die Freunde weiterhin in der Deckung verharrten.

"Hast du eine Idee, wie wir hier schnellstens herauskommen können?" fragte Sam.

"Ja, die hätte ich schon..." antwortete Shewadsneh. "Was habt ihr für Munition mit euch?"

Fred schmunzelte: "Ich habe noch zwei Dynamitstangen im Sattelzeug verstaut."

"Ausgezeichnet!" lächelte Shewadsneh. "Bring die mal her."

"OK." grinste er.

Wenig später kam er mit den zwei Stangen zurück.

"Hast du auch Streichhölzer mit?"

"Ja, in der Hosentasche. Hier hast du sie." Er reichte ihm eine halbvolle Taschenschachtel von den Dingern.

"Jetzt passt mal auf. Ihr zwei werdet die Thompsons mit einem Kugelhagel eindecken, wenn sie am Nachladen sind, und ich pirsche weit rechts um diese Felsblöcke herum, um auf die gegenüberliegende Seite hinter die beiden zu gelangen. Dann zünde ich die Dynamitstangen an und sprenge sie damit in die Luft!"

"Klasse!" sprach Sam. "Könnte von mir sein. Auf was warten wir noch? Los gehts!"

Das Nachladen erfolgte. Die beiden eröffneten sofort einen Feuerschlag, von dem sich die Brüder derart fürchteten, dass sie sich hinter den Felsen verkrochen.

Kurze Zeit später explodierten zwei Dynamitstangen und ein Steinhagel flog durch die Abenddämmerung.

Sam und Fred tauchten währenddessen in die sichere Deckung des Felsrückens ab.

Dann tauchte Shewadsneh neben ihnen auf. Er grinste: "Ist ja prima gegangen. Die beiden besuchen gerade das Jenseits."

"Nun müssen wir uns aber schnellstens von hier verabschieden, denn sobald Clyde Thompson davon erfährt, ist unser Leben kein Pfifferling mehr wert." mahnte Fred.

"Du hast recht. Wir müssen sofort aus Stonewall verschwinden." bestätigte der weisse Indianer.

"Also los..." ächzte Sam, seinem Claim nachtrauernd.

Sie stiegen auf ihre Pferde und suchten das Weite.

******

Kapitel 6

Crazy Horse ritt mit seinen sieben Begleitern weiter nach Nordosten dem Powder River entlang. Auf dem Weg entdeckten sie in einem Hain eine Gabelbockgruppe.

Die ideale Beute, um ihre knappen Dörrfleischvorräte im Oglaladorf aufzubessern.

Diese seltene Gelegenheit musste genutzt werden.

Crazy Horse drang mit seinen drei Oglala behutsam in den Hain ein und umschloss die Gabelböcke.

Danach trieben sie diese mit lauten Schreien auf die offenen Schneefelder hinaus.

Mit ihren Gewehren erschossen hier Black Eagle und seine drei Freunde die fünf Tiere.

"Wakan Tanka hat uns reiche Beute beschert." lächelte Crazy Horse, als sie mit ihren Pferden an den Zügeln um die toten Tiere herumstanden.

Etwas später banden sie gemeinsam das erlegte Wild auf fünf Tragbahren. Die sie aus den herunterhängenden Tannenästen die sie mit ihren Tomahawks abgehackt und zurechgestutzt hatten, zusammenschnürten.

Nun befestigten sie diese Zugbahren an den Sätteln der Pferde. Danach sassen sie wieder auf.

"Freunde, ihr seid willkommen bei den Tipis der Oglala." lud der Häuptling die jungen Indianer ein.

"Wir werden das zu schätzen wissen." antwortete Black Eagle.

Gemeinsam trabten sie nun weiter voran zum Oglaladorf.

***

Nach einem längeren Ritt erreichte die Gruppe das Winterlager.

Es schneite wieder heftiger und eine eisige Bise fegte übers Land.

Aus den Tipiöffnungen krochen verwehte Rauchfahnen empor, die bezeugten, dass es noch Leben im eingeschneiten Dorf gab.

Behände standen die beiden Dorfwächter, die bei ihrem Feuer gehockt hatten, auf und empfingen freudig die ankommende Jagdgruppe.

"Ich sehe, ihr kommt mit neuen Freunden und reicher Beute zurück." begrüsste sie Standing Bear.

"Nun haben wir genug Fleisch bis zur Schneeschmelze." sagte der andere.

"Da hast du recht, Firefox. Wollen wir Wakan Tanka dafür danken." antwortete ihm Crazy Horse und passierte mit der Jagdgruppe die Wache.

Als sie in der Mitte des Dorfes angelangt waren, äugten die ersten Squaws neugierig aus den Zelteingängen hervor.

Frohgemut traten sie heraus, als sie erkannten, dass Crazy Horse mit der kleinen Jagdtruppe erfolgreich zurückgekehrt war. Sie standen um die Beute herum, warteten bis die Männer abstiegen und übernahmen anschliessend die Gabelböcke, um sie weiter aufzuteilen, zu häuten, zu zerlegen und Dörrfleisch daraus herzustellen. Dies war bei ihnen Squawarbeit.

Ihre jungen Söhne nahmen die Pferde und führten diese zur Pferdeherde, die sich am Südende des Indianerlagers in einem ausgedehnten Corral aufhielt.

Die drei Oglala, die mit dem Häuptling unterwegs gewesen waren, begaben sich nun zu ihren eigenen Familientipis.

Die dazugekommenen, jungen Freunde hingegen traten nun zusammen mit Crazy Horse in dessen geräumigen Wigwam ein.

Als sie entspannt auf weichen Fellen um das wärmende Feuer in der Mitte des Tipi hockten, stellten sie sich Black Shawl, der Squaw von Crazy Horse vor.

Black Eagle sprach als erster: "Verehrte Black Shawl, ich bin ein Oglala Sioux und komme aus der Great Sioux Reservation in South Dakota - wie auch meine Blutsbrüder hier. Wir freuen uns, hier in Freiheit mit den stolzen Oglala bei Crazy Horse zu sein."

"Ja! So ist es! Hier dürfen wir so leben wie es unsere Väter schon seit *unzählbaren* Sommern taten." antwortete sie.

"Black Shawl hat recht. Ich wünschte, dass auch meine zukünftigen Kinder so leben könnten wie es Wakan Tanka einst vorgesehen hat..." sagte der Stammesführer bekümmert. "Aber die Weissen stehlen unser Land und unsere Jagdgründe. Sie brechen Verträge wie sie wollen und sprechen mit gespaltenen Schlangenzungen."

"Ist es wahr, dass Long Hair Custer, der Häuptling aller Diebe, eine Strasse durch die Black Hills gebaut hat?" fragte Silver Bird den mächtigen Führer.

"Es ist wahr! Sie haben das Gold in unseren Bergen entdeckt und sie wollen diese Berge in Besitz nehmen! Und somit Red Cloud und uns berauben. Der Vertrag, den er in Fort Laramie zäh erkämpft hat, missachten sie."

"Was gedenkt Crazy Horse in dieser Sache nun zu tun?" fragte jetzt White Feather.

"*Sitting Bull* sagt, wir sollen kämpfen. Die *Paha Sapa* sind heilig. Sie gehören uns und unseren Ahnen." heiser kam es über seine Lippen.

"Es wird Kampf geben." sprach Black Shawl ernst. "Und die Erde wird brennen, denn die Bleichgesichter werden uns diese Berge nicht lassen."

"Es bricht mein Herz." bestätigte der Häuptling. "Wenn in wenigen Tagen die Frühlingssonne Einzug halten wird, werden wir dennoch unser Winterlager hier abbrechen und Sitting Bull am Tongue River treffen, um dort unser Frühsommerlager aufzuschlagen. Bis dahin seid ihr unsere Gäste - sowie auch weiterhin, wenn ihr wollt."

Dagegen hatten sie nichts einzuwenden und so verblieben sie bei den Oglala.

******

Kapitel 7

Februar, März 1876:

Clyde Thompson geriet in Rage, als ihm Mike Benson, ein Kumpel seiner Brüder Ike und Joe, die Nachricht von ihrem Tode überbrachte.

"Ich sage dir, es waren nur noch die Resten von zwei zerfetzten Leichnamen zwischen den zerstreuten Gesteinsbrocken auszumachen. Sie mussten sie mit Dynamit förmlich in die Luft gesprengt haben! Und ihre weiter entfernt angebundenen Pferde haben sich losgerissen und das Weite gesucht. Wir haben sie aber dann wieder aufgespürt und eingefangen."

"Wer hat das getan?!" fauchte Clyde.

"Wir haben uns ein bisschen umgehört. Gestern Abend hat es eine kleine Schiesserei im Gold-Star Saloon gegeben. Es ging um den Claim von Sam Coperfield. Dabei soll ein weisser Indianer, der unglaublich flink mit der Henry Rifle ist, Ike den Colt aus der Hand geschossen haben!"

"Wie heisst er?!"

"Man nennt ihn Shewadsneh und er ist ein Freund von Sam." antwortete Mike.

"She-wad-sneh! Yeahh! Von dem habe ich schon gehört. Er treibt sich viel im Powder River Gebiet und dem Yellowstone River herum. Die Indianer und Mountain Men kennen ihn gut. Ich werde ihn plattmachen!" grollte Clyde.

"Sam, Fred und dieser Shewadsneh sind getürmt. Vermutlich ins Bighornland. Wir konnten sie nirgends ausmachen. Freds Blockhaus haben wir heute in der Früh abgefackelt. Es gab ein schönes Feuerchen." grinste Mike hämisch.

"Well! Nun müssen wir die Mörder meiner Brüder an den Galgen bringen! Ich werde persönlich die Führung des Suchtrupps übernehmen. Wir werden Dirty John, Cole Younger, Slim Quarry und den Shoshonen Scout Red Crow mitnehmen. Und ich verspreche dir, wir werden sie schnell ausfindig machen. Und dann wehe ihnen. Die Begräbnisangelegenheiten für meine toten Brüder soll der Bestatter Manuel del Rio übernehmen. Organisiere das!" kommandierte der Älteste der Thompson Brüder.

"Wird gemacht, Boss!" verabschiedete sich Mike und machte sich an die Arbeit.

Nachdem er alles in die Wege geleitet hatte, schloss er sich einige Stunden später dem Verfolgungstrupp an.

Nun nahmen sechs zu allem entschlossene Menschenjäger die Spur der drei Flüchtigen auf.

******

Kapitel 8

Shewadsneh ritt mit seinen Gefährten nun schon seit einigen Tagen in nordwestlicher Richtung zum Tongue River Gebiet. Er wusste, dass sein Freund Crazy-Horse, den er seit seiner Jugendzeit bei den Cheyenne kannte, dort mit den Oglala sein Frühsommerlager aufschlug. Und er gedachte die Jagdzeit bei ihm zu verbringen bis sich die Lage in Stonewall beruhigt hatte und er dann die Sache mit dem Claim von Sam gütlich regeln konnte.

Fred und Sam hatten diesen Vorschlag gutgeheissen und so begab man sich auf den längeren Ritt dahin.

Sie kamen gut voran, denn die Schneeschmelze hatte begonnen und es herrschten milde Temperaturen vor.

Man spürte, dass der Frühling Einzug hielt.

"Schätze, dem Väterchen Winter gehts endgültig an den Kragen. Es riecht nach warmem Föhn." sprach Sam, als sie so nebeneinander herritten.

"Gut beobachtet, Sam. Die aufkommenden Vogelschwärme künden davon." antwortete Fred.

"Ja, die Natur weiss stets zum Voraus, was ansteht." lächelte der weisse Indianer.

Als es Abend wurde, beschlossen sie beim nächsten Kiefernwald ihr Nachtlager aufzuschlagen.

Wenig später hatten sich die Freunde in einer nahen Waldlichtung eingerichtet, ihre Pferde an den geeigneten Bäumen festgebunden und hockten ums Feuer. Dabei brieten sie die zwei Feldhasen, die sie unterwegs erbeutet hatten.

Während sie gemütlich in der bedächtig aufkommenden Dämmerung ihre Beute verzehrten, vernahmen sie aus dem Walddickicht ein Grunzen, das immer näher kam. Und Geräusche von solcher Art, als ob sich ein schwerfälliges Tier behände durchs Unterholz fortbewegen würde.
Die Pferde gebärdeten sich äusserst unruhig und versuchten sich loszureissen!
Blitzschnell ergriffen die drei ihre Waffen und standen auf!
In diesem Augenblick ertönte ein lautes Brüllen! Ein riesiger Grizzly trat auf den Hinterbeinen stehend aus dem Dickicht heraus, in ihre Lichtung hinein und auf sie zu!
Das Tier wog mindestens fünfhundert Pound und wies eine Körperhöhe von mehr als zweieinhalb Yard auf.
Fred, der mit dem Rücken am nahesten zu ihm stand, wurde sofort attackiert!
Der Grizzly fegte ihn mit einem einzigen Tatzenhieb zu Boden!
In derselben Sekunde riss Shewadsneh seine Rifle hoch und feuerte auf das Tier. Ebenso schoss Sam mit seinen alten Armeecolt auf den Grizzly, der daraufhin tödlich getroffen mit seinem ganzen Körpergewicht auf Fred niederstürzte und ihn dadurch todbringend verletzte.
"Was für ein Vieh! Schätze, müsste ein Muttertier sein. Wahrscheinlich hatte sie Junge in der Nähe, die sie vor kurzem geworfen hat." sagte Sam.
"Du hast recht. Die Wurfzeit ist Ende Januar oder im Februar." bestätigte Shewadsneh. "Sie wollte uns als mögliche Gefahr beseitigen."

"Das Nest wird nicht weit von hier sein." schloss Sam.

"Fred stand in der falschen Ecke. Er hats nicht überlebt... " folgerte Shewadsneh.

"Damn! Das ist die verflixte Wildnis! Du weisst nie, was kommt!" fluchte Sam.

Sie traten auf Fred zu, der unter dem Grizzly begraben war. Gemeinsam zerrten sie das Tier vom Gefährten herunter und drehten es auf den Rücken. Nach dieser Anstrengung und nachdem er die Geschlechtsteile sah, keuchte Sam: "Ich habs ja gesagt! Es ist ein Weibchen!"

Sie erkannten, dass ihr Freund Fred das Zeitliche gesegnet hatte.

"Der ist aber übel zugerichtet. Wa-Katanka sei seiner Seele gnädig." leise sprach dies Shewadsneh.

"Well, leicht hatte ers nicht im Leben. Nun ist er in die ewigen Jagdgründe heimgekehrt, um es mal mit den Worten der peaux-rouges zu sagen..." murmelte Sam in seinen zerzausten Bart hinein.

"Wir werden ihm ein würdiges Grab zubereiten, Sam. Ich denke, das ist das Mindeste, was wir für ihn tun können."

"Ja, mit den Kurzschaufeln aus seinem Reitgepäck wird es gehen." antwortete der Nugget Digger.

Sie holten die beiden Schaufeln und hoben in der Nähe der Feuerstelle ein Grab für ihn aus. Anschliessend legten sie ihn hinein.

Nach getaner Arbeit machten sie ein einfaches Holzkreuz aus Kiefernästen und steckten es ins frische Grab.

"So, das wärs." brummte Sam und verschränkte seine Arme. "Nun spreche ich noch ein kleines Gebet...

Ewiger Vater, empfange seine Seele. Er war ein guter Kerl und hatte es in seinem kurzen Leben gewiss nicht immer leicht. Im Namen Jesu Christi, Amen."

"Schön gesagt, Sam." flüsterte Shewadsneh, der nahe bei ihm stand. Dann schwiegen die beiden für einige Minuten.

Die Nachtschatten krochen hervor und lösten die Dämmerung ab.

"Well, Sam, es wird Zeit, dass wir das Grizzlyweibchen zerlegen und das Fleisch auf unsere Pferde in die Sattelpacktaschen versorgen. Ihr Aas könnte sonst noch ein Wolfsrudel anlocken."

Im Schein des Lagerfeuers häuteten und zerlegten sie gemeinsam die Bärin und verstauten die zugeschnittenen Fleischbrocken in die Packtaschen. Ihr Fell rollten sie zu einem Ballen zusammen, verschnürten diesen und banden ihn dann auf Freds Pferd.

Dies alles dauerte die halbe Nacht.

Darnach legten sich die beiden erschöpft - nahe beim Nachtfeuer - für einen kurzen Schlummer nieder.

Am nächsten Tag ritten sie weiter in nordwestlicher Richtung.

******

Kapitel 9

16. März, 1876:

General Crooks Kolonne hatte wieder ein grosses Stück ihrer Marschroute zum Little Powder zurückgelegt.

Am frühen Morgen des 16. März meldeten die zurückgekommenen Shoshonen Scouts, die von Crook ausgesandt worden waren, sie hätten nicht weit vom Soldatencamp - bei der Abgabelung des Little Powder River vom Powder River - ein grosses Oglala- und Cheyenne-Tipidorf entdeckt.

Hocherfreut und der Meinung, endlich das Indianerdorf von Crazy Horse gefunden zu haben, befahl Crook dem Colonel Reynolds und den Captains Noyes und Egan, vom *16. auf den 17. März* einen schnellen Nachtritt zum Indianerdorf auszuführen.

Er übergab ihnen *383* gut bewaffnete Kavalleristen und Essensrationen für zwei Tage und den Befehl: "Macht einen Überraschungsangriff auf diese rebellischen peaux-rouges; und wenn möglich, macht sie alle nieder!"

Kurze Zeit später ritt die Einheit los.

***

17. März, in der Morgendämmerung:

In der fortgeschrittenen Nacht hatte die Einheit von Reynolds lautlos und jegliches Geräusch vermeidend das Indianerlager angepirscht.

Nun lauerten sie etwa eine Viertelmeile vor dem Tipidorf auf das Zeichen des Angriffs.

Die Sergeanten scharten sich um den Colonel und den Captains, die an der Spitze warteten.

"Geht zurück. Jeder zu seiner Gruppe. In acht Minuten werde ich mit einem Pistolenschuss den Angriff gegen die Rothäute auslösen!" zischte Reynolds.

Die Untergeordneten kamen der Anweisung nach.

Darnach schoss Reynolds mit dem Colt in die Luft und schrie: "Attacke! Gebt den verdammten Rothäuten ordentlich Zunder!"

Ein zorniger Kavalleristenhaufen stürmte nun das schlafende Tipidorf.

Die Soldaten hatten sich in drei Trupps aufgegliedert.

Captain Egan galoppierte mit seinen Reitern frontal ins Dorf.

Colonel Reynolds führte mit seiner Truppe den linken Flankenangriff.

Und Captain Noyes trieb mit seinen Kavalleristen die große Pferdeherde der Indianer fort.

Im Cheyenne- und Oglala-Dorf herrschte der Schrecken vor. *Niemand hatte mit* einem *derartigen Überfall in der Morgendämmerung gerechnet!*

Im Kugelhagel der Pferdesoldaten flohen alte Leute, Squaws mit Kindern und Verletzte. Sie rannten und humpelten in die Richtung des Powder, um in sichere Deckung und außer Schussweite zu gelangen.

Die Krieger des Stammes suchten indessen hinter Felsblöcken Deckung und nahmen die schiessenden Soldaten nun mit ihren eigenen Gewehren, Lanzen, Pfeilen und Bögen ins Visier. So versuchten sie mit allen Kräften den hinterlistigen Angriff zurückzuschlagen.

Gleichzeitig nahmen sie den Rückzug vor. So konnte die Mehrheit der beiden Stämme schlussendlich über den Fluss entkommen.

Die Kavalleristen liessen darauf ihre Wut an den Wigwams, dem Hausrat, den Sätteln und den Dörrfleischvorräten aus, indem sie dieses alles niederbrannten.

Two Moon, der Cheyennehäuptling, und Wooden Leg beobachteten aus der Ferne das Zerstörungswerk der Pferdesoldaten.

"Sie haben alles vernichtet, was wir besassen. Wir müssen nun versuchen, unsere Pferde wieder zurückzuholen." sagte Two Moon. "Es sind mindestens *950 Stück.*"

"Wenn die Nachtschatten über das Land ziehen und wir klug vorgehen, werden wir sie gewiss wieder erobern können." antwortete ihm Wooden Leg.

***

Der Vollmond beleuchtete die nächtliche Szenerie, als unter der Führung von Two Moon und Wooden Leg eine Gruppe von fünfzig Kriegern sich dem Soldatenlager annäherten.

Sie schlichen so lautlos vorwärts wie eine Berglöwin beim Anpirschen ihrer Beute.

Ihr Ziel war es, wenn irgend möglich, alle ihre Pferde den Blauröcken wieder abzunehmen.

Nun waren sie so nahe, dass sie das Lager gut überblicken konnten. Zu ihrer Überraschung lagen alle Soldaten in tiefem Schlaf.

"So etwas Törichtes habe ich in meinem ganzen Leben noch nicht gesehen. Die Blauröcke schlafen mit so einer riesigen Beute..." grinste Two Moon leise.

"Die Bleichgesichter sind hochmütig. Darum schlummern sie alle." flüsterte Wooden Leg, der neben ihm in Deckung lag.

"Dann ist alles klar. Wir werden leise ausschwärmen und die Pferde ruhig zurücktreiben." ordnete der Cheyenne Führer an.

Die Gruppe verteilte sich und in aller Stille wurde die Herde zurückgeführt.

Als die Kavalleristen am nächsten Morgen erwachten, waren die Cheyenne und Oglala mit ihren Jagdpferden nicht mehr greifbar. Sie befanden sich *nordwestlich* auf dem Ritt ins Lager von Crazy Horse.

General Crook hatte in seiner *irrigen* Annahme, dies sei das Dorf von *Crazy Horse,* das gemeinsame Tipidorf von Two Moon und den Cheyenne, sowie Low Dog und den Oglala angreifen lassen!

******

Kapitel 10

19. März 1876:

Nach dem fraglichen Sieg über das grosse Tipidorf und den Verlusten an Pferden und Kavalleristen entschied Colonel Reynolds nun, sich mit der reduzierten Einheit zurückzuverschieben, zur Hauptkolonne von General Crook, um ihm Bericht zu erstatten.
Am folgenden Tag stiessen sie gegen den Mittag beim Überqueren des nächstgrösseren Hügelkamm auf die nachrückende Einheit von Crook.
In Erwartung einer grossen Siegesnachricht empfing ihn der General.
Reynolds trabte ihm entgegen, während sich die Truppensanitäter um die Verwundeten der zurückgekehrten Soldaten kümmerten. Die anderen begaben sich wieder unter ihre Einheit in ihre vorherigen Positionen.
Kurz vor dem wartenden Crook stieg Reynolds vom Pferd, trat vor ihn hin und salutierte.
"General, melde den Stosstrupp zurück!"
"In Ordnung. Kann er mir Bericht geben?"
"Jawohl! Verluste: 4 Tote, 6 Verwundete und 66 Soldaten, die unter Erfrierungsschäden leiden. Ebenso ein Verlust von 11 Pferden!"
"Und der Kampf?"
"Die Mehrheit der *peaux-rouges* ist über den Powder-River entkommen. Ebenso haben sie ihre Jagdpferde von uns zurückerobert!"
"Wieviele Jagdpferde?!"
"Ungefähr 950 Stück!"

"Ja, ist er den von Sinnen?! Lässt die rote Brut mitsamt Jagdpferden entkommen!" schrie Crook.

"Sie haben uns während der Nacht überrumpelt." stotterte Reynolds.

"Colonel! Haben sie sich erdreist, keine Nachtwache aufzustellen?! Sie sind sofort suspendiert bis die Sache endgültig abgeklärt ist!"

Zu einem Sergeanten befahl Crook: "Sergeant Fitzgerald, nehmen sie den Colonel in Gewahrsam! Er ist ab sofort vom Dienst suspendiert! Ausführen!"

Reynolds wurde aller seiner Kommandos enthoben, verhaftet und in Obhut genommen.

Darnach ordnete General Three Stars Crook den Rückzug der gesamten Einheit aus dem Indianergebiet an.

Für eine kurze Zeitspanne war das Powder River Land frei von Blauröcken.

Colonel Joseph Jones Reynolds stellte er später, im Jahre 1877, wegen dessem offensichtlichen Versagen vor ein Kriegsgericht der Unionsarmee.

******

Kapitel 11

Crazy Horse brach sein Winterlager ab. Er zog mit den Cheyenne und Oglala von Two Moon und Low Dog, sowie seinem eigenen Stamm, ins Tongue River Gebiet ins Tal des Rosebud.

Der warme Frühling brachte das ganze Bighornland zum Erblühen. Es gab grosse Gabelbockherden und die Natur schenkte den Indianern von ihren Gaben reichlich ein.

In diesem fruchtbaren Gebiet fanden sich die verschiedensten Indianerstämme ein.

Sitting Bull mit seinen Hunkpapas, der hier überwintert hatte. Ferner Brules, Sans Arcs und Blackfoot Sioux. Northern Cheyenne und Minneconjous stiessen ebenfalls dazu, so dass schlussendlich an die dreitausend Indianer während den warmen Frühlingtagen hier lagerten.

Es gab ein beschwingtes Wiedersehen, als Crazy Horse mit seinen Oglala eintraf.

Sitting Bull empfing ihn mit Glücksgefühlen: "Mein Blutsbruder, Crazy Horse! Lang ist es her seit wir uns trafen. Mein Herz springt vor Freude, dich und deine Oglala unversehrt zu erblicken."

"Deine Gefühle erwidert auch mein Herz und doch trauert es wegen dem, was Two Moon und Low Dog mit ihren Stämmen erleiden mussten." Er berichtete dem grossen Hunkpapa von den Ereignissen, die nicht all zu lange zurücklagen.

"Ich werde den mächtigen _Wakan Tanka_ darüber befragen, wie wir uns weiter verhalten sollen. Doch vorerst lasst uns freuen und die warmen Tage geniessen." erwiderte ihm Sitting Bull.

Die Neuangekommenen verteilten sich im Rosebud und richteten hier ihre Wigwams ein.

Die folgenden Tage waren angefüllt mit Büffel- und Gabelbockjagden sowie frohen Festen.

***

Um diese Zeit trafen auch Shewadsneh und Sam Coperfield am Rosebud ein. Als sie auf einer Anhöhe anhielten, um das Tal und den Tongue River zu überblicken, staunte Sam:

"Shewadsneh! Das sind ja eindrucksvolle Tipidörfer, und sehr nahe beieinander gelegen. Hier leben buchstäblich tausende Indianer."

"So ist es. Es bedeutet auch, dass hier eine ausserordentliche Schlagkraft vorhanden ist, die nicht so leicht unterzukriegen ist. Komm, gehen wir hinunter zu meinen Freunden Crazy Horse und Sitting Bull."

In leichtem Trab begaben sie sich in die riesige Zeltstadt.

Am südlichen Eingang der Tipistadt wurde Shewadsneh vom dortigen Wächter, Blue Feather, begrüsst. Sie kannten sich noch aus ihren Jugendtagen, als er bei den Cheyenne unter der Obhut des Schamanen *Akelope* aufwuchs, der ihm den Namen: *She-wad-sneh* gab.

"Mein alter Freund *She-wad-sneh*, was bringt dich wieder einmal zu deinen roten Brüdern?" fragte er fröhlich.

"Blue Feather, mein Herz freut sich, dich zu sehen. Mich treiben unglückliche Umstände zu meinen Brüdern. Meine Seele hofft sehr, bei euch Ruhe und Erquickung zu finden."

"Der grosse Wakan Tanka wird auch dir, mein geliebter *Zwei-Seelen-Bruder*, Linderung verschaffen. Doch wer ist der Freund an deiner Seite?"

"Das ist Sam, ein Mountainman. Auch *er ist euch* freundschaftlich gesinnt."

"Dein Freund ist auch meiner."

"Ganz meinerseits." krächzte Sam, der ebenfalls der gängigen Indianerdialekten kundig war, und hob den Zylinder.

"Doch sage mir, Blue Feather, wo ist Crazy Horse?"

"Er ist in der Mitte des Tipidorfes und berät sich mit Sitting Bull und den anderen Häuptlingen."

"Dann werde ich mit Sam dahintraben."

"Vielleicht kann She-wad-sneh mit einem guten Rat dienen. Howgh." sagte Blue Feather und lies sie passieren.

Nach einem unbehelligten, kurzweiligen Ritt im Schritt, erreichten die Gefährten das Zentrum des grossen Indianerdorfes. Hier, im Schutze des Dorfes, sassen die verschiedenen Stammesführer um ein grosses Lagerfeuer herum und beratschlagten sich.

Kurz vor ihnen stiegen die beiden von ihren Pferden ab, banden diese an einem kleinwüchsigen Baum fest und schritten zu Fuss dahin.

Als sie näher herankamen, rief Crazy Horse erstaunt: "Was sehen meine Augen?! *Dies ist She-wad-sneh, der zu uns herschreitet!*"

Die anderen Häuptlinge schauten nun ebenfalls in die Richtung, aus der der weisse Indianer kam.

"Auf Adlerflügeln bin ich hergeeilt, um Crazy Horse zu sehen. So wie auch den großen Hunkpapa, Sitting Bull." erwiderte er.

Nun erhob sich der Oglala Führer und schritt seinem Freund entgegen. Sie umarmten sich herzlich. Auch Sitting Bull trat nun herzu und begrüsste ihn.

"Wer ist der Begleiter an deiner Seite?" fragte Crazy Horse.

"Das ist mein alter Kumpel, Sam, den ich vom Rio Grande her kenne."

"Es ist gut, alte Freunde zu sehen." sagte Sitting Bull. Nun begrüssten auch die beiden Indianerführer Sam.

"Wir haben noch einige Brocken kräftiges Grizzly-fleisch mit uns. Kann das irgendeine Squaw gut zubereiten?" fragte nun Sam.

"Dein Freund mit dem seltsamen Hut und dem zerzausten Bart scheint hungrig zu sein." lachte Crazy Horse.

"Von wegen seltsamer Hut! Das ist ein *Original-Zylinder!*" reklamierte Sam.

"Dieser Hut ist gleich wie Sam." lächelte Crazy Horse. "Freunde, geht in das Tipi weiter links von hier. Dort ist Black Shawl gerade am Zubereiten von Essen. Sie wird sich über das zusätzliche Fleisch freuen und es gerne dazugeben." sprach er weiter.

"An meinem Freund Sam ist alles etwas anders, sogar seine Kleidung." grinste Shewadsneh. "Und danke für dein Angebot. Wir werden es zu schätzen wissen."

"Auch ich danke dem grossen Häuptling." brummte Sam.

"Sobald wir die Beratung abgeschlossen haben, werden wir Zeit haben, miteinander zu sprechen." versprach Sitting Bull und begab sich wieder zurück in den Ratskreis.

"Bis nachher." sagte nun Crazy Horse und schloss sich Sitting Bull an.

Die beiden Sattelgefährten schritten darauf zu ihren Pferden, lösten deren Zügel und begaben sich zum angegebenen Wigwam.

******

Kapitel 12

April, Mai 1876:

Clyde Thompson war hartnäckig entschlossen, die Mörder seiner Brüder in die Finger zu kriegen und eigenhändig am erstbesten Galgenbaum aufzuhängen, oder zu erschiessen.

Gnadenlos und ohne Rücksicht hetzte er die Revolvermeute tagelang voran. Red Crow hatte die Spur trotz des abtauenden Schnees verhältnismässig gut ausfindig gemacht.

Nun standen sie am einsamen Waldgrab von Fred.

"Einen der drei hats scheinbar erwischt." stellte Clyde fest.

"Nach den Restspuren zu urteilen, hatten sie einen Kampf mit einem Grizzly und einer hat den nicht überlebt." schloss Red Crow.

"Nur wer, das wissen wir nicht!" bellte Clyde.

"Wird wahrscheinlich nicht Shewadsneh gewesen sein." brummte Cole Younger.

"Der ist zu clever." stimmte Slim Quarry bei.

"Dann muss es einer von den Nugget Diggern sein." hüstelte Dirty John. Er ertrug die winterliche Kälte schlecht, denn er litt an einer unbehandelten, chronischen Bronchitis.

"Sam kann es auch nicht sein. Er ist ein zu erfahrener Mountainman." stellte Mike klar.

"Dann ist es der dämliche Rotschopf Fred. Der war eh am schwächsten." grinste Clyde nun.

"Ihre Fährte weist ins Tongue River Gebiet hinein." deutete der Indianerscout.

"Shewadsneh ist ja ein großer Freund der peaux-rouges. Es würde mich nicht wundern, wenn er zum Rosebud reitet. Dort weilen die verdammten peaux-rouges ja des öfteren über den Sommer." kombinierte Cole.

"Wenns so ist, müssen wir uns was einfallen lassen, um sie da rauszuholen." krächzte John.

"Sie werden ja nicht dauernd bei den peaux-rouges rummachen, sondern das Tipidorf ab und zu verlassen." meinte Slim.

"Genau! Dann holen wir uns die Mistkerle." frohlockte Mike.

"Also! Auf was warten wir noch?! Los, ab Jungs!" kommandierte Clyde.

Die Meute stieg auf die Pferde und galoppierte weiter nordwestlich.

***

Nach einem harten, mehrere Tage andauernden Ritt gelangten sie in die Nähe des Rosebud. Sie ritten nun auf einem hohen Hügelzug, von dem aus sie diesen Landstrich weit überblicken konnten.

Clyde setzte seinen Fernrohr an, um sich einen Überblick zu verschaffen. Er staunte nicht schlecht: "Jungs, ich glaub ich spinn! Im langen Tal des Rosebud liegt ein riesengrosses Tipidorf der peaux-rouges!"

"Ich habs dir ja gesagt. Die Rothäute hocken hier." murrte Cole.

"Aber nicht in solcher Menge." kommentierte Slim.

"Das stinkt gewaltig nach einem Indianerkrieg. Seit den Goldfunden in ihren heiligen Bergen spielen sie eh verrückt." bemerkte Mike.

"Da hat unser Klugscheisser wieder einmal recht." stellte Dirty John fest.

"Naja, wir müssen uns ja nicht mit ihnen anlegen. Es gibt andere Wege, den verdammten Sam und seinen weissen Indianer da herauszuholen." sagte Clyde.

"Da bin ich aber mal gespannt." wunderte sich Cole.

"Wirst schon sehen." grinste Clyde. "Kommt. Wir werden zu einem alten Kumpel von mir gehen, der ein paar Meilen von hier, bei einem Creek, seine Blockhütte aufgestellt hat."

Die Bande ritt dahin.

***

Nach einem mehrstündigen Ritt erblickten sie die grosse Blockhütte, die an einem einsamen, verschlungenen Creek stand.

Sie lenkten ihre Pferde dahin. Kurz bevor sie am Blockhaus ankamen, trat ein seltsamer Mann aus der Hütte. Er hatte schulterlanges, dichtes, schwarzes Haar, war bärtig und grossgewachsen. Er trug ein abgenutztes Priestergewand und hatte einen Revolvergurt um die Hüften geschnallt. Ebenso hielt er ihnen mit seinen Händen eine Schrotflinte mit abgesägten Läufen entgegen. Schräg hinter ihm stand eine Indianersquaw mit einer Winchester im Anschlag.

Den nähernden Reitern blieb vorerst mal die Luft weg.

"Los! Langsam absteigen von den Gäulen! Sonst blase ich euch Löcher in den Bauch!" rief er ihnen zu.

"*Long Kendrick, du alter Prediger! Ich bin es, Clyde,* mit ein paar von meinen Männern." grinste dieser.

Der Priester runzelte kurz die Stirn, dann lachte er: "Clyde, du alter Halunke! Lang ists her. Ich hätte dich beinahe nicht erkannt."

Dabei senkte er die Schrotflinte. Auch die Squaw beruhigte sich und lächelte.

"Kommt rein in die gute Stube." sagte Kendrick. "Die Pferde könnt ihr hinter dem Haus in die Koppel bringen."

Kurz danach betraten die Männer das Haus. Sie sassen auf die Hocker, die rund um den langen, breiten Esstisch standen.

Während seine Squaw bei der Feuerstelle des Hauses heissen Kaffee zubereitete, begann der Priester das Gespräch:

"Was bringt dich hierher in die raue Wildnis, Clyde?" fragte er.

"Ich brauche deine Hilfe Kendrick, um die Mörder meiner Brüder dingfest zu machen."

"Joe und Ike? Wann sind sie denn in die ewigen Jagdgründe heimgekehrt?"

"Ende Februar." antwortete er ihm.

In wenigen Minuten wurde der Kaffee fertig. Die Indianerin füllte darnach die Zinntassen auf dem Tisch. Dann setzte sie sich neben ihren Mann.

"Das ist White-Rose, meine Frau." stellte er sie ihnen vor.

"Angenehm. Ich bin Clyde."

"Hello. Ich bin Cole."

"Thanks für den Kaffee. Man nennt mich Slim."

"Thanks, Ma am. Mike."

"Und ich heisse John. Thanks."

"Red Crow." murmelte der Scout und nickte unmerklich mit dem Kopf.

Vorsichtig nippten nun alle am brühheissen Kaffee und für zwei Minuten war es still.

Dann erklärte Clyde: "Ein verfluchter Nugget Digger namens *Sam Coperfield* hat mit seinen beiden Kumpels - *Shewadsneh,* einem weissen Indianer, und *Fred* - die beiden in die Luft gesprengt."

"Ist nicht gerade die feine, englische Art." resümierte der Priester. "Und was gedenkst du nun zu tun?"

"Es gibt ein Problem. Sam und Shewadsneh hocken bei den peaux-rouges im Rosebud."

"Und der dritte?"

"Den wollte sich ein Grizzly einverleiben!" lachte Dirty John.

"Ruhe er in Frieden." erwiderte Kendrick. "Aber der Rosebud - das ist eine grössere Schwierigkeit."

"Ich habe gedacht, du, als Indianerpriester, kannst sicher deinen Einfluss bei ihnen geltend machen, damit sie die beiden herausrücken." schlug Clyde ihm vor.

"Da ich dir schon länger einen Gefallen schuldig bin, werde ich mich dafür einbringen, Clyde." versprach Kendrick.

"Das ist mir recht. Sage mir nur, wie du vorgehen willst." äusserte sich Clyde.

"Meine Frau, White-Rose, ist eine Oglala aus dem Stamm von Crazy Horse und eine entfernte Verwandte von ihm. Ich gehe regelmässig, in grösseren Abständen, zu den Oglala und versuche, ihnen das Christentum näher zu bringen. Bei dieser Gelegenheit rede ich auch mit den Häuptlingen im gebräuchlichsten Indianerdialekt. Die nächste Tour steht in einigen Tagen an. Dann werde ich ihnen mein Anliegen vortragen. Halte du dich mit deinen Männern unauffällig in der Nähe des Lagers bereit."

"Klasse! Ich habs gewusst, du bist ein Teufelskerl! Habt ihrs gehört, Männer? Long Kendrick wird unsere Sache bei den Indianern vorwärtsbringen!" begeisterte sich Clyde.

"Na, das klingt ja gut. Aber auch hier ist Vorsicht von Nöten." kommentierte Cole.

"Mit den Indianern ist nicht zu spassen, besonders wenns um *She-wad-sneh* geht." warnte Slim. "Er ist ein halber Indianer und war sogar mal mit einer Cheyenne verheiratet. Das hat mir ein Kumpel vor nicht allzulanger Zeit am Yellowstone River zugezwitschert."

"Dann wird es etwas schwieriger. Aber ich werde mein Bestes versuchen. Bleibt auf jedenfall in erreichbarer Nähe." erwiderte der Priester.

"Wir halten uns an deine Anweisungen, Kendrick." versicherte Clyde.

Einige Tage später brachen sie gemeinsam zum Rosebud auf.

******

Kapitel 13

Im Wigwam von Crazy Horse sassen die Freunde in der Mitte, im Kreis um die Feuerstelle herum.

Dabei verspeisten sie mit Genuss das köstlich zubereitete Grizzlyfleisch.

"Black Shawl weiss wie man Grizzly Fleisch herrlich zubereitet. Es ist nicht zu überbieten." lobte Sam.

"Die Squaws der Oglala haben ein Geschick dafür." anerkannte auch Shewadsneh.

"Black Shawl hat sich wieder einmal selbst übertroffen." schwärmte Crazy Horse.

"Es erfreut mein Herz, dass die Freunde von Crazy Horse voll des Lobes über meine zubereitete Mahlzeit sind." lächelte Black Shawl.

"Die Weissen und die Indianer könnten es zusammen so schön haben. Sind wir nicht alle Kinder des grossen Wakan Tanka?" fragte der Häuptling.

"Es ist so. Mein roter Bruder hat recht. Aber die Bleichgesichter sehen solche Dinge ungleich - gefährlich abweichend." bemerkte Shewadsneh.

"Das erlebt man durch die Blauröcke! Sie zerstören friedliche Indianerdörfer und massakrieren Alte, Squaws, Kinder und Säuglinge!" heiser kam dies über die Lippen von Crazy Horse.

"Ich weiss nicht, ob der weisse Vater in Washington darüber wahrheitsgemäß informiert wird. Oder ob die Lüge Vortritt hat." drückte der weisse Indianer seine Bedenken aus.

"Shewadsneh hat recht. Die Wahrheit wird verdreht und nach Gutdünken ausgelegt, weil die verdammte Goldgier alles überdeckt." sagte Sam dazu.

"Dieses Land, *unser Land,* wird für uns immer mehr zu einem Land der Unfreiheit, des Zwangs und der Unterdrückung..." schwermütig sagte dies der Häuptling. "Die heilige Paha Sapa ist entweiht und die Weissen lechzen nach unseren letzten Territorien."

"Ich kann nicht sagen, was alles noch geschehen wird. Aber es wird auch eine Gerechtigkeit geben, die Wakan Tanka bestimmt. Und diese Weissen, die am schändlichsten gegen meine roten Brüder vorgehen und schon vorgegangen sind, werden, wenn es an der Zeit ist, ihre Zeche begleichen müssen." meinte Shewadsneh überzeugt.

"Bei meinem alten Zylinderhut. Das glaube ich auch." bekräftigte Sam.

Während sie so miteinander sprachen und speisten, verstrich der Nachmittag und der Rosebud erglühte in den Farben des Abendrots.

***

Es war schon etwas über Mitternacht, als Crazy Horse zusammen mit den zwei Freunden seinen Spaziergang durch das Tipidorf beendete. Die Nacht war klar und man konnte das riesige Sternenheer erkennen.

"Die Sterne lachen uns zu, aber sie weinen auch um uns, denn sie sehen Dinge, die wir noch nicht erkennen." sprach der Oglala Führer zu seinen Begleitern.

"Erhabene Worte meines Bruders. Doch ich sehe auch Gutes kommen. Wollen wir dennoch annehmen, was Wakan Tanka für uns bereithält." antwortete Shewadsneh.

"Shewadsneh, Sonnenhaar. Ich weiss, du wünschst Gutes für mein Volk. Doch ich befürchte, die grosse

Zeit der freien Indianervölker neigt sich dem Ende
zu."

"Das Leben ist unberechenbar und manchmal unbarmherzig - das könnt ihr dem alten Sam glauben.
Aber es gibt immer wieder einen neuen Morgen und
auf den wollen wir aufbauen." äusserte sich der Nugget Digger dazu.

"Mein Bruder Sam hat eine raue Schale, aber ein
weiches Herz, deshalb liebe ich ihn." lächelte Crazy
Horse. "Begeben wir uns nun zur Nachtruhe, denn
morgen gibt es einen neuen Tag mit seinen ganz eigenen Herausforderungen."

Die drei Freunde kehrten in den geräumigen Wigwam
ein und bezogen ihre Schlafplätze.

******

Kapitel 14

Mai 1876:

Es war in der Tagesmitte, als Long John Kendrick mit White-Rose den Hügelkamm hinunterritt, um ins Indianerlager, im Tal des Rosebud zu gelangen.

Er war eine bekannte Figur bei ihnen - mit seiner Black Robe und dem tiefgeschnallten Revolvergurt um die Hüften.

Er war ungeheuer schnell mit diesem Eisen, denn er war ein ehemaliger Gunfighter, der sich nach einem tiefgreifenden Erlebnis zum Glauben bekehrte.

Das lag nun schon etliche Jahre zurück:

Kendrick war damals jung und heissblütig und mit dem Schiesseisen war er nicht zu schlagen! Ja, damals, im Süden Arizonas, in Tucson.

Yeah, das war eine raue Stadt. Es gab viele Verrückte dort und jeder wollte sich mit den Ballereisen messen!

Und dann, an einem schwülen Samstagnachmittag, tauchte auf einmal dieser Hillbilly-Clan - die Smiths - ja, so nannten sie sich, in Tucson auf, um ihre Einkäufe zu tätigen.

Nachdem sie ihre Sachen besorgt hatten, kamen die drei Söhne und ihr Pa in den Silver Bird Saloon. Anfangs waren sie noch anständig, aber dann begannen sie zu trinken. Unmengen von schlechtem Whisky. Je mehr sie zechten, umso lauter und frecher wurden sie. Und dann begannen sie zu prahlen - vor allem der jüngste unter ihnen. Dan hieß er. Der riss seine Klappe am weitesten auf.

Kendrick sass damals auch im Saloon. Er trank auch, aber er hielt sich einigermassen im Rahmen und amü-

sierte sich mit einer netten Bardame, die ihm Gesell-
schaft leistete. Aber er trug seinen Colt tiefgeschnallt -
das fiel diesem Dan ins Auge. Deshalb fing er an
Kendrick zu provozieren. Das war dumm von ihm,
denn Kendrick war unglaublich schnell mit dem Eisen
und ein verdammter Hitzkopf.
So kam es wie es kommen musste.
Dan spottete über ihn: "Na, du Wichtigtuer! Bist du
auch wirklich schnell mit deiner Bleischleuder?!"
"Wenn du es unbedingt wissen willst, können wir ja
nach draussen gehen!"
"Nichts lieber als das!" prahlte dieser Dan.
Das war für Kendrick das Signal, es diesem Gross-
maul zu zeigen.
Sie schritten nach draussen auf die Mainstreet. Die
Gäste des Saloons folgten den beiden.
So etwas wollten sie sich nicht entgehen lassen!
Die beiden stellten sich zehn Yard von einander auf.
Kendrick ging festen Schrittes und war konzentriert.
Dan hingegen wankte leicht und hatte sich offensicht-
lich nicht ausreichend unter Kontrolle.
Es war eine ungleiche Sache! Das war offensichtlich!
Auch Kendrick wusste dies. Er zögerte einen Moment.
Dann brüllte Dan: "Los, du elender Stümper! Zeig, was
du draufhast!"
Es war eine Sekundenentscheidung.
Kendrick zog schnell, glatt, wie aus einem Guss. Es
war die reinste Zauberei.
Noch ehe das Echo des Schusses in der Mainstreet
verhallte, stürzte Dan tödlich getroffen zu Boden! Er
hatte seinen Colt nicht mal zur Hälfte aus dem Holster
gerissen.

Der alte Pa und die Brüder Dans stürzten auf Kendrick zu. Sie schrien: "Das war kaltblütiger Mord! Er hatte keine Chance!"

"Er hat es so gewollt!" schneidend drang es über die Lippen Kendricks.

"Mörder!" begehrten sie auf.

"Nehmt euch in acht!" warnte er. "Sonst blüht euch dasselbe!"

Das wirkte wie ein eiskalter Wasserguss. Die drei verstummten, traten zum Toten hin, hoben ihn gemeinsam auf und trugen ihn mit Tränen in den Augen zu ihrem Zweispänner, hockten auf und gaben den Pferden das Aufbruchzeichen. Sie verliessen Tucson.

Die Gäste gingen wieder in den Saloon und amüsierten sich weiter - als ob nichts Bedeutendes vorgefallen wäre.

Kendrick hingegen wusste, er hatte soeben einen hässlichen Mord begangen! Es liess ihn nicht mehr los. Er verschwand aus Tucson.

**

Er ritt in die südliche Wildnis ausserhalb von Tucson. Nach ungefähr elf Meilen erreichte er die Missionsstation San Xavier del Bac, der die Bewohner in der Wildnis Arizonas den ungewöhnlichen Namen "Weisse Taube der Wüste" gaben.

Hier freundete er sich mit dem Jesuitenpediger Miguel Rodriguez an, der die helfende rechte Hand des katholischen Geistlichen war, der über diese Mission präsidierte.

Er ging in sich und beschloss sein Leben als Revolverkämpfer zu beenden.

Der Jesuit nahm sich seiner an und bildete ihn zum Laienpriester aus. Er legte es ihm ans Herz, sich der Indianer anzunehmen.
Und so begab es sich, dass Kendrick ins Bighornland zog, um sich um seine roten Brüder zu kümmern.
Der einzige, der um seine Doppelidentität wusste, war Clyde Thompson. Er kannte ihn von früher und er hielt gerade für einige Tage Rast in der Mission, als Kendrick sein altes Leben aufgab. Clyde hielt es aber geheim. Später ehelichte Kendrick dann die Oglala-Squaw White-Rose.

***

Nun erreichte das eigenartige Paar das Tipidorf.
Als sie in das grosse Camp hineinritten, kam ihnen unverhofft Grey Dog entgegen, der Vater von White-Rose.
"Was erkennen meine betagten Augen? Long Kendrick und White-Rose besuchen uns. Lange ist es her, dass das Sprachrohr des weissen Gottes uns seine Aufwartung machte." freute er sich.
"Sei gegrüsst, lieber Freund und Vater meiner zauberhaften Lebensgefährtin. Meine Seele sehnte sich danach, euch zu sehen." antwortete ihm der Jesuit.
"Ich heisse euch in meinem bescheidenen Wigwam willkommen. Red Sun, meine liebe Squaw, wird ausser sich von Freude sein, euch beide wiederum bei sich zu haben." lächelte der Indianer.
Sie stiegen von ihren Pferden herunter, nahmen diese an den Zügeln und schritten auf den ergrauten Vater zu.

Herzlich umarmten sie sich und teilten einander Wangenküsse aus.

Danach schritten sie ins östliche Ende der grossen Zeltstadt. Unterwegs dahin wurden sie von etlichen Indianern begrüsst - besonders natürlich Long Kendrick, das Sprachrohr des weissen Gottes.

Als die zwei mitsamt ihren Pferden in die Nähe von Grey Dogs Tipi kamen, eilte ihnen Red Sun entgegen.

Sie strahlte vor Glück, ihre Tochter White-Rose mit dem Schwiegersohn zu sehen.

"Mein Herz springt über vor Freude, euch wohlbehalten anzutreffen." lachte sie. Dann umarmten und küssten sie sich. "Kommt rein und erzählt uns, wie es euch ergangen ist seit ihr das letzte Mal hier wart." plapperte sie ganz aufgeregt.

Nachdem sie die Pferde an den Pfosten neben dem Tipi angebunden hatten, begaben sie sich gemeinsam hinein und nahmen ihre Sitzplätze auf den Bisonfellen am Boden ein.

Red Sun reichte allen kleine, hölzerne Trinkgefässe und füllte diese mit dem süsslichen Getränk, das sie vom Fässlein, das am Rande des Innenbereichs stand, mit einer Holzkelle ausschöpfte.

Gemütlich tranken alle erst mal einen kräftigen Schluck davon.

Darnach fragte die Mutter neugierig ihren Schwiegersohn: "Kendrick, was gibts Neues in eurem Leben?"

"Wir haben uns am Creek gut eingelebt. Fische und Wild gibts genug und die Blockhauseinrichtung wird immer behaglicher. Letzthin habe ich noch die letzten Möbel zusammengezimmert und auch das Gästezimmer hergerichtet." erwiderte er.

"Das freut mich." sagte die Mutter.

"Wir wollen demnächst noch einen kleinen Maisgar-
ten anlegen." verkündete die Tochter.
"Das ist weise." anerkannte der Vater.
"Ich habe aber vorerst noch eine Frage an euch: Vor
einigen Tagen soll *Shewadsneh,* ein weisser Indianer,
zusammen mit einem älteren Nugget Digger namens
Sam Coperfield bei euch aufgekreuzt sein? Wo im
Camp befinden sich die beiden? ...Sie sollen an einem
Doppelmord beteiligt gewesen sein! In der Nähe von
Stonewall. Das weiss ich von einem alten Freund, der
mich vor kurzem aufsuchte." berichtete Kendrick.
"Mein Sohn spricht recht. Den weissen Indianer nen-
nen wir *She-wad-sneh.* Er ist ein Freund von Crazy
Horse und sein Begleiter *Sam* ist ein *Mountainman.*
Beide halten sich zur Zeit als Gäste beim Wigwam
von Crazy Horse auf. Bist du sicher, dass sie ein sol-
ches Verbrechen begangen haben?" zweifelte Grey
Dog.
"Ich weiss es nicht zuverlässig. Ich werde mit dem
Oglala Führer und den beiden sprechen. Erst dann
weiss ich mehr." entgegnete er.
"Dann tue dies." forderte ihn der Alte auf.
"Morgen werde ich mich darum kümmern." schloss
Kendrick. "Doch nun wollen wir über Anderes mitei-
nander reden."
Sie besprachen andere, für sie persönlichere, aktuel-
lere Themen.

******

Kapitel 15

Im Verlauf des nächsten Morgens begab sich Long Kendrick zu den Tipis, die in der Mitte des Lagers aufgebaut waren.

Black Shawl, die Squaw von Crazy Horse, war gerade vor ihrem Wigwam am Arbeiten, als der Jesuit hinzukam.

"Darf ich die edle Squaw, *Black Shawl,* die Gemahlin des mächtigen Crazy Horse begrüssen?" sprach er sie an.

"*Black Robe!* Es ist mir eine freudige Überraschung, dich zu sehen." lachte sie und wandte sich ihm zu.

"Was bringt dich wieder her in den Rosebud und wo ist White-Rose?" fragte sie.

"Sie hilft Red Sun bei der Arbeit. Wir sind erst gestern Nachmittag angekommen." antwortete er.

"Bleibt ihr länger hier?" wollte sie wissen.

"Wir bleiben so lange, wie es Jesus Christus will." erwiderte er.

"Du meinst damit den Sohn deines Gottes."

"Ja!"

"Dienst du ihm weiterhin?"

"Ich werde damit nicht aufhören, Black Shawl."

"Das habe ich mir gedacht. Du bist *eigenartig,* denn du hast auch geheiratet. Andere Priester tun das nicht."

"Ich schliesse mich der Auslegung von *Martin Luther* an, eines verstorbenen Reformators in Europa. Er trat für die Ehe der Priester ein. Ich habe dies als richtig erkannt und es deshalb auch so getan."

"Unseren Gott nennen wir *Wakan Tanka...* Ist er nicht gleich wie euer Gott?"

"Er ist derselbe! Deshalb komme ich zu meinen Brüdern, um es ihnen zu predigen."

"Unsere Alten bezweifeln es! Die Blauröcke haben deine Bemühungen immer wieder zunichte gemacht."

"Ich weiss es, Black Shawl. Es ist traurig und bekümmert mich sehr... dennoch will ich die Hoffnung nicht begraben."

Sie lächelte und sagte, "dein Glaube ist gross und stark."

Kendrick schwieg für einige Sekunden und sprach dann, "ich hätte noch eine Frage an dich: Wo ist Crazy Horse, mit She-wad-sneh und dem Mountainman?"

"Sie sind heute früh mit Black Elk auf die Jagd. Sie kommen erst spätabends zurück."

"Sage ihnen, dass ich sie sprechen möchte. Ich komme gegen den Abend nochmals her."

"Ich werde es ihnen ausrichten. Richte du jetzt White-Rose meine Liebe aus."

"Das werde ich tun." lächelte Kendrick und verabschiedete sich wieder.

******

Kapitel 16

Nun war es wieder soweit: Die Maschinerie des Kriegsministerium der Unionsarmee kam ins Rollen.
Sie wollten die verdammten, freilebenden *peaux-rouges* endgültig in die Knie zwingen.
Es wurden drei starke, gut bewaffnete Truppenverbände zusammengestellt, die die *freien Wilden* ausradieren sollten.
Dabei wurde die folgende Strategie ausgearbeitet:
Three Stars George Crook sollte von Fort Fettermann losziehen und die Indianer vom Süden her angreifen.
Colonel John Gibbon würde vom Norden von Fort Ellis her anmarschieren. Und Oberstleutnant George Armstrong Custer - mit Unterstützung von One Star Alfred Howe Terry - solle von Fort Lincoln vom Osten her anrücken!
Das militärische Hauptquartier und der Planungsstützpunkt sollte der Dampfer *Far West* sein, der beim Zufluss des Rosebud Creek in den Yellowstone River vor Anker lag.
So wollten die Blauröcke die Indianer in die Zange nehmen und in einem großen Feldzug besiegen.
Die drei Einheiten verpflichteten als Scouts Shoshonen. Sie waren tüchtig, kannten das Bighornland sehr gut und waren hervorragende Fährtenleser.
Die Blauröcke starteten nacheinander mit einigen Tagen Unterschied.
Es war Anfang Sommer und die Soldaten kamen gut voran. Bis Mitte Juni wollten die ersten im Tongue

River Gebiet sein. Sie vermuteten, dass sich dort der Grossteil der verhassten Rothäute aufhielt.

Allen voran war es General Crook, der am meisten darauf erpicht war, die Niederlage endlich heimzuzahlen, die sein Truppenverband im März desselben Jahres am Powder River von den Rothäuten um *Two Moon* einkassierte.

Deshalb trieb Crook seine Einheit unermüdlich an und erreichte gegenüber den beiden anderen Truppen in Kürze einen beträchtlichen Vorsprung.

Nachdem er sie wieder einmal den ganzen Tag hindurch angetrieben hatte, errichteten sie bei fortgeschrittener Dunkelheit ihr Nachtlager.

Als die Lagerfeuer brannten, sassen die erschöpften Soldaten um die Feuer herum und verzehrten ihren Nachtproviant. Dabei nahmen sie den Tag noch einmal in Ruhe im gemeinsamen, halblauten Gespräch durch.

"Der Alte hat uns heute wieder einmal ordentlich gehetzt, was Jim?" sagte Robert, ein Sergeant, zum Soldaten, der neben ihm hockte.

"Er spinnt, sobald es um die peaux-rouges geht." grinste Jim.

"Ich glaube der verdammte Sezessionskrieg und die nun andauernden Indianerkriege haben ihn zum Monster gemacht." stellte Will fest, ein weiterer Soldat, der am Gespräch teilnahm.

"Ich sage euch, wenn ihr beide noch etwas länger an den Indianerkriegen teilnehmt, bekommt auch ihr eine Macke." redete der Sergeant.

"Ich hoffe nicht, aber ich denke, mit den peaux-rouges läuft Einiges schief, weil die Herren in

Washington krumme Dinger mit ihnen drehen." warf Jim ins Gespräch.

"Das sollst du aber nicht laut sagen. Wir haben auch hier unter den Soldaten Extreme!" warnte der Sergeant.

"Das habe ich auch schon bemerkt." sagte Will.

"Zur Nachtruhe fertigmachen!" ertönte nun die befehlsgewohnte Stimme des Captains im Lager.

"Also, ihr habts gehört... " sprach Sergeant Robert zu den beiden.

"Wohl bekomms. Pennt gut." sagte Will.

"Yeah, eine Mütze voll mit tiefem Schlaf, tut uns allen gut." bemerkte Jim.

Die Truppe machte sich zur Nachtruhe bereit und die Nachtwache wurde organisiert.

Wenig später lag die Einheit in tiefem Schlummer.

******

Kapitel 17

Mai/Juni 1876:

Clyde Thompson staunte nicht schlecht, als er im Morgengrauen von seinem Beobachtungsposten auf dem Bergkamm mit dem ausgezogenen Fernrohr eine Vierergruppe - in der sich zwei Weisse befanden - aus dem Tipidorf reiten sah.

Er pfiff leise durch die Zähne. Der eine - das erkannte er - war der verdammte Sam und der Andere musste dieser *She-wad-sneh* sein.

Anscheinend wollten sie auf die Jagd. Besser konnte es gar nicht kommen.

Behände kletterte er hinter dem Bergkamm etwa zehn Yard in die Tiefe. Dort, in einer länglichen Höhle, schlummerten seine Männer.

Er weckte sie leise und aufdringlich: "Männer, es gibt Arbeit. Unsere Galgenvögel sind soeben aus dem Indsmendorf ausgeflogen."

Im nu waren die Revolverkämpfer wach.

"Ich habs dir ja gezwitschert, dass sie irgendwann mal raus müssen." grinste Slim.

"Los. Reiten wir ihnen in sicherer Entfernung nach." forderte Clyde die Gruppe auf. "Kaffee bechern können wir später."

Innerhalb kürzester Zeit sattelten sie ihre Pferde, stiegen auf und jagten der Fährte nach.

Die Spur führte westwärts, zum Little Bighorn River.

Nachdem sie die Vierergruppe mehrere Meilen verfolgt hatten, machten sie ihren ersten Rast.

Es war am Eingang zu einer schmalen, länglichen Schlucht, an deren Ende einige Bisons grasten. Von ihrem Rastplatz auf dem Hügelzug konnte Clyde mit dem Fernrohr das grüne Tal verhältnismässig gut überblicken.

"Jungs, ich denke, wir warten hier bis sie ihre Büffeljagd beendet haben. Und wenn sie nachher hier bei uns durch den engen Ausgang aus dem Tal reiten, schicken wir sie ins Jenseits." sprach Clyde.

"Klingt einleuchtend." kommentierte Cole, während er für sie mit einem kleingehaltenen Feuer frischen Kaffee zubereitete.

Wenig später schlürften alle den heissen Kaffee und warteten geduldig. Dabei lösten sie sich gegenseitig am Beobachtungsposten ab.

***

Crazy Horse und seine Freunde freuten sich, als sie gegen das Ende des länglichen, schmalen Talbeckens eine kleinere Bisonherde entdeckten, die dort graste.

"Das Jagdglück ist uns gnädig. Wenn wir vier Stück von diesen prächtigen Büffel erjagen, besitzen wir eine grössere Menge Fleisch für die Oglala." stellte der Häuptling fest.

"Das wird unsere Sippen erfreuen." lächelte auch Black Elk.

"Der Wind weht günstig. Sie können von uns keine Witterung aufnehmen." bemerkte Shewadsneh.

"Wir werden ausschwärmen, vier Bisons von den Übrigen abtrennen und diese dann erlegen." instruierte sie Black Elk.

Konzentriert schwärmten die Gefährten aus und umschlossen umsichtig in einem weitläufigen Kreis die kleine Herde. Dabei nutzten sie die natürlichen Deckungs- und Tarnmöglichkeiten des Geländes geschickt aus.

Allmählich zogen sie den Kreis immer enger. Als sie schliesslich schon sehr nahe an die Tiere herangekommen waren, galoppierten sie mit ihren Pferden unter lautem Schreien auf die irritierte Herde los, die sofort auseinanderstob!

Dabei liessen die Jäger exakt eine Öffnung frei, durch die die Herde türmen konnte, bis auf die vier Bisons, die sie erlegen wollten. Denen schnitten sie den Fluchtweg ab und erschossen sie anschliessend mit ihren Gewehren.

Es war eine präzises, eingeübtes Vorgehen und führte zum erhofften Erfolg.

"Wakan Tanka hat uns reichlich gesegnet." frohlockte Black Elk, als sie mit ihren Pferden vor den vier erbeuteten Bisons verharrten.

"Es sind wahrhaftige Prachtstücke." grinste Sam.

"Es ist schon länger her, dass meine Augen solch kräftige Exemplare gesehen haben." freute sich Shewadsneh.

"Nun wollen wir die Tiere auf Tragbahren binden und mit unseren Pferden zum Tipidorf abschleppen." sagte Crazy Horse. "Dort werden unsere Squaws sie zur *weiteren Bearbeitung* übernehmen."

Die vier Jäger machten sich ans Werk.

Sie konstruierten die Tragbahren mit den abgeschnittenen Ästen aus den hier verstreut wachsenden Bäumen, banden die erlegten Bisons darauf fest und befestigten danach diese Tragbahren an den Pferdesätteln.

So schleppten sie ihre Jagdbeute ab.

Als sie zum Talausgang hinritten, fiel Crazy Horse hoch in den Lüften bei den Hügelkämmen am Eingang des Talbeckens ein kreisendes Bussardpaar auf. Er fragte: "Hat mein Bruder She-wad-sneh die ständig kreisenden Bussarde beim Eingang des Tales bemerkt?"

"Ich sehe sie. Es kann durchaus bedeuten, dass sich dort Menschen aufhalten. Die Bussarde müssen einen Horst in der Nähe haben. Die Anwesenheit von Menschen hat sie beunruhigt. Wir werden eine Finte anwenden, um dies herauszufinden. Beim nächstgrösseren Hain links vor uns, nahe beim Ausgang des Tals, werde ich vom Pferd steigen und den linken Hügel anpirschen. Warte du eine Weile mit der Jagdgruppe beim Hain. Ich werde nicht lange brauchen, um herauszufinden, ob sich dort jemand verbirgt." schlug Shewadsneh vor.

"So sei es, Bruder." erwiderte Crazy Horse.

So ritten nun alle ruhig zum Hain hin. Darnach führte der weisse Indianer sein Vorhaben aus.

***

Dirty John fluchte zwischen den Zähnen: "Verdammt! Die Gruppe hält beim Hain kurz vor unserem Höhenzug. Hoffentlich haben sie keine Lunte gerochen."

Er reichte das Fernrohr Mike. Der nahms und guckte durchs ausgezogene Rohr: "Du hast recht. Es sieht nicht so sauber aus." brummte er.

"Ich werde es dem Boss melden." raunte John.

Dann begab er sich zur verdeckten, gelöschten Feuerstelle, bei der seine Kumpels warteten.

Er berichtete Clyde ihre Beobachtungen und Bedenken.

"Geht sofort in eure Stellungen und haltet euch bereit. Hier ist Vorsicht geboten." ordnete der Boss an.

Alle verschwanden in ihre zuvor abgesprochenen Stellungen.

***

Die Lebensschule der Wildnis, die er bei den Cheyenne durchlaufen hatte, zahlte sich wieder einmal aus. Nach dem Verlassen des Hains pirschte Shewadsneh mit der Gewandtheit des Pumas den länglichen Höhenzug hoch. Die verschiedenen Büsche und Sträucher, die hier wuchsen, ergaben eine hervorragende Deckung. Nun war er so weit vorgedrungen, dass er von einer flachen Kuppe aus einen Überblick über die Anhöhe erhielt. Er entdeckte eine Sechsergruppe Männer, die sich offensichtlich berieten. Etwas weiter entfernt hatten sie ihre Pferde an kurzgewachsenen Bäumen festgemacht.

Jetzt verteilten sie sich in die verschiedensten Stellungen rund um die Hügelkuppe.

Ohne Zweifel. Hier geschahen sorgfältige Vorbereitungen für einen Hinterhalt. Er schlich behutsam zurück.

Wenig später war er wieder bei seinen Freunden und erklärte ihnen die Lage.

"Dies sind die verdammten Aasgeier von Stonewall." fluchte Sam. "Aber wir werden ihnen die Hölle heiss machen."

"Ich hätte einen Idee." erläuterte Shewadsneh. "Crazy Horse und ich pirschen uns erneut an, bis wir ihnen nahe genug sind. Ihr verbleibt solange hier. Danach eröffnen wir von hinten das Feuer von zwei Seiten. Wenn ihre beide unser Feuer hört, galoppiert mit allen Pferden und der Beute sofort durch den schmalen Talausgang. Wir halten sie unter Dauerbeschuss. Wenn ihr dann durch seid, gibst du, Sam, einen Signalschuss in die Luft ab. Danach machen Crazy Horse und ich uns aus dem Staub."

"Und schliesst euch uns etwas später im grossen Kiefernwald wieder an." ergänzte der Mountainman.

"Genau, Sam. Bevor ihr zum Kiefernwald hingeht, reitet einen Bogen, um eventuelle Verfolger zu verwirren."

"Clever. Bis dann seid ihr auch bei der Wasserquelle im Kiefernwald angekommen." grinste der Nugget Digger.

"Mein Bruder *Sonnenhaar* spricht mit der Schläue des Fuchses. Howgh. Wir werden es so ausführen." bekräftigte der Indianerführer.

Wenig später trennten sie sich und Shewadsneh erklomm zusammen mit Crazy Horse den riesigen, länglichen Hügel.

Die Freunde erreichten in kürzester Zeit die flache Kuppe, von der aus Shewadsneh die Bande beobachtet hatte. Hier versteckten sie sich an zwei verschiedenen Stellen hinter einer Felsbrockengruppe, die von dichten Büschen umsäumt war.

Es war kaum zu glauben, wie sicher sich diese sechs Männer fühlten. Ja, es war absolut leichtsinnig. Die Clique lag da, wie Früchte auf dem Präsentierteller.

Shewadsneh konnte sich kaum ein Grinsen verkneifen.

Er legte seine Rifle behutsam in Schussposition, zielte und feuerte.

Fast gleichzeitig schoss der Indianer mit seinem Spencer Repetier Gewehr.

Die ersten zwei Desperados waren tot.

Nun war die Hölle los!

Clyde schrie: "Wechselt die Stellungen! Wir werden von hinten beschossen!"

Die überlebenden Cole, John, Clyde und Red Crow beeilten sich, eine bessere Deckung zu erreichen. Sie robbten und hasteten geduckt hinter den nahen Büschen und Felsbrocken umher und nahmen nun ihrerseits ihre Angreifer unter Beschuss. Die Kugeln pfiffen, surrten und jaulten zwischen den beiden Parteien umher.

Der weisse Indianer spürte, es würde brenzlig werden.

Er harrte auf den erlösenden Schuss von Sam.

Inmitten des hitzigen Gefechts echote endlich aus der Ferne den für Shewadsneh unverkennbare Schuss von Sams Armeecolt.

Eilends und geschickt flüchteten die Freunde nun den Hügelrücken hinunter.

Bis es Clydes Meute endlich auffiel und sie die leeren Schiessplätze erkletterten, hatten sich Shewadsneh und Crazy Horse längst aus dem Staub gemacht.

"Damned!" fluchte Clyde. "Die beiden Teufel sind uns entwischt."

"Und haben dabei noch Mike und Slim umgelegt." grunzte Cole.

"Dieser verdammte weisse Indianer ist ausgekochter als wir es vermuteten." staunte Dirty John.

"Ja, er war einer der beiden. Ich hörte deutlich seine Henry Rifle." analysierte Red Crow.

"Und inzwischen sind sie durch den Talausgang mitsamt ihrer Jagdbeute getürmt." stellte John fest.

"Wir müssen ihnen sofort nachfolgen, wenn wir sie noch erwischen wollen." hetzte Clyde.

"Und was machst du mit den beiden Toten hier?" fragte Cole.

Wir nehmen ihnen die Waffen und Pferde ab. Es gibt jetzt keine Zeit für ein Begräbnis. Mitschleppen können wir sie eh nicht." bestimmte Clyde.

Obwohl die Revolverkämpfer mit dieser Anordnung nicht einverstanden waren, gehorchten sie dennoch ihrem Brötchengeber.

Wenig später hetzte die Bande der frischen Fährte nach.

******

Kapitel 18

Sam und Black Elk ritten wie abgesprochen einen Bogen. Die Desperados folgten ihnen, was Sam durch eine ferne Staubwolke erkennen konnte.
Er triumphierte. Nun schwenkte er zum grossen, langgezogenen Kiefernwald ab. Hier im Wald würden sie die Desperados endgültig abhängen können. So hätten Shewadsneh und Crazy Horse genügend Zeit, sich bei der Quelle einzufinden. Sie bewältigten nämlich die Strecke bis zum Kiefernwald zu Fuss.
Die beiden waren schnelle, ausdauernde Läufer.
Ihre Pferde waren mit ihm, denn so hatte er die Desperados getäuscht.
Gerade rechtzeitig erreichten Sam und Black Elk mit ihrer Beute den Wald. Nun konnten sie durch einen passenden Pfad im Walddickicht untertauchen.
Als Clyde mit seiner Meute zu guter Letzt eine Handvoll Yard vor dem Nadelwald verharrte, bellte er zu seinen Gefährten: "Hier drin hocken sie... Wenn wir reingehen, knallen sie uns ab wie Karnickel! Wir müssen zum Rosebud zurück und uns dort an einem günstigen Ort auf die Lauer legen. Wenn sie dann ins Tipidorf hineinwollen, schiessen wir sie über den Haufen."
Die Bande kehrte um und galoppierte zum Rosebud zurück.

***

Black Elk, der aus einem Versteck heraus die Weissen beobachtet hatte, musste unwillkürlich in sich hineinlächeln. Shewadsneh hatte es richtig vorausgeahnt. Die Weissen würden kehrtmachen, denn sie seien feige und würden nicht kämpfen wollen. Aus diesem Grunde würden sie zum Rosebud zurückreiten, um ihnen abermals einen Hinterhalt zu legen.

Aber es gab verschlungene, geheime Pfade dahin. Diese kannten die Banditen nicht. Er begab sich zurück zu Sam und berichtete ihm seine Beobachtungen.

Sam, der im Wald neben einer Quelle, in einer hohen, versteckten Felsenhöhle mit den Pferden und der Beute zuwartete, antwortete ihm zu den Schilderungen: "Clyde und seine Handlanger waren schon immer allesamt Hosenscheisser. Was jetzt erneut belegt wäre. Wir werden hier rasten und etwas Proviant verzehren bis unsere Freunde eintreffen."

***

Wenig später tauchten Shewadsneh und Crazy Horse aus dem Walddickicht hervor. Sie waren dabei so lautlos, dass es sogar Sam überraschte.

"Ihr verdammten Teufelskerle! Euch beide hört man wirklich kaum und plötzlich steht ihr da!" rief er aus.

"Ein Leben in der Wildnis lehrt dich solches." lächelte Shewadsneh.

Crazy Horse schmunzelte dazu.

"Nun? Ist Clyde mit seiner Revolvermeute abgehauen?" fragte der blonde Hüne.

"Yeah. Du hast es vorausgesagt. Die Weissen haben sich wie fliehende Wiesel davongemacht." antwortete Black Elk.

"Nun werden wir auf einem *verborgenen* Pfad ins Tipidorf zurückreiten. Warten wir noch eine Weile zu bis die Abendschatten den Rosebud erreichen und die richtige Zeit für unser Vorhaben gekommen ist." bestimmte der Indianerhäuptling.

"In der Zwischenzeit könnten wir ja die Bisons häuten und zerlegen." schlug Sam vor.

"So werden wir es tun, damit die Stunden genutzt sind." bestätigte Crazy Horse.

Sie machten sich an die Arbeit und bis zum späteren Abend hatten sie dies zustandegebracht.

Darnach wurde es Zeit für ihr Vorhaben.

******

Kapitel 19

Crazy Horse stahl sich mit seinen Gefährten - die Pferde an den Zügeln hinterherziehend - durch einen schmalen Pfad zwischen engen, langgezogenen Hügeln hindurch. Dieser Weg führte zur Nordwestseite der Tipistadt am Rosebud Creek.

Die Nacht war schon weit fortgeschritten, als sie noch durch einen zusätzlichen Hain ins Indianerlager eintraten.

Von Clyde und seinen Handlangern war nichts zu spüren und nichts zu sehen.

Diese lauerten ihnen schlichtweg an der falschen Lagerseite auf.

So konnten sie ungehindert zu ihren Wigwams gehen. Vor dem Zelt von Crazy Horse wartete Black Shawl treu auf ihren Gatten. Sie hatte sich Sorgen gemacht. Aber nun freute sie sich und nahm die Beute zur Weiterverarbeitung entgegen.

Darnach brachten Shewadsneh und Black Elk die Pferde in die dafür bestimmte Weidekoppel. Anschliessend rief die Nachtruhe.

***

Früh am nächsten Morgen trat Shewadsneh mit der umgehängten Rifle als einer der ersten aus dem Zelt, um den frischen Tag zu begrüssen. Er staunte, als ihm Sitting Bull in einer geistvollen, höchst konzentrierten Verfassung begegnete und sich auf den Hügelpfad begab.

Er fragte ihn: "Was treibt den mächtigen Sitting Bull in der Frühe des Morgens in die fernen Hügel?"

"Mein geliebter Bruder She-wad-sneh, die Geister der Ahnen haben mir heute Nacht zugerufen, dass ich den allwissenden Wakan Tanka anflehen soll, um von ihm Visionen zu empfangen. Deshalb suche ich die Einsamkeit in den verborgenen Plätzen auf den Hügeln."

"Gedenkst du dort den heiligen Sonnentanz abzuhalten?!"

"Ja. Ich werde dort für *drei Tage tanzen und fasten,* in die Sonne sehen und *einen gesegneten Aderlass* ausführen. Dann wird mein *Seelengeist* meinen Körper verlassen und mit *Wakan Tanka* sprechen."

"Möge Wakan Tanka mit dir sein, Sitting Bull." erwiderte Shewadsneh.

"Es wird so sein, mein Bruder." äusserte sich der Häuptling dazu. Darnach schritt er in die Hügel.

Der weisse Indianer schaute ihm noch eine Weile nach. Dann flüsterte er zu sich selber: "Ja, möge der grosse Geist mit dir sein, *Big Chief* der Hunkpapas."

Danach schritt Shewadsneh zur Koppel, bei der die Pferde untergebracht waren und die sich auf der Südostseite des Lagers befand. Er wollte seinem Hengst einen Besuch abstatten.

Das Morgengrau bedeckte noch den Himmel, als er die Koppeln erreichte.

Der Blaurappe nahm sofort seine Witterung auf, als er sich der Einzäunung näherte.

Freudig trabte der Hengst zum Koppeleingang, bei dem Shewadsneh auf ihn wartete.

Als das Tier bei ihm war, flüsterte er ihm gut zu und streichelte sanft dessen Hals: "Well, mein Lieber, well. Hier gehts dir gut. Hast genug zum Fressen und zum

Saufen und kannst dich prima erholen. Wir bleiben noch eine Weile hier, hä."

Der Hengst hörte aufmerksam zu und wieherte leise.

Als Shewadsneh so mit ihm redete, tauchte beinahe lautlos Big Bear, der Wachtposten der Pferdeherde, neben ihm auf und zischte: "Auf dem hohen Hügelkamm, den du siehst und der etwas mehr als eine Meile hinter dieser Weidekoppel liegt, hockt eine Gruppe Bleichgesichter auf der Lauer. Sie beobachten schon die halbe Nacht unser Lager."

"Danke für die Warnung, Bruderherz. Ich kenne sie, denn sie verfolgen uns schon länger. Sie beabsichtigen, Sam und mich in die ewigen Jagdgründe zu schicken. Doch bis jetzt sind wir ihnen stets entkommen."

"Was gedenkst du zu tun?" wollte Big Bear wissen.

"Ich werde ihnen einen Denkzettel verpassen, den sie nicht so schnell vergessen werden."

"Uff, Uff! Der List von She-wad-sneh ist keiner gewachsen. Er übertrifft die Schläue eines alten Fuchses." lobte ihn der grossgewachsene Indianer.

"Ich werde mich jetzt entfernen und du verhältst dich so wie immer." wies ihn darauf Shewadsneh an.

Der Indianer nickte zustimmend und der weisse Hüne begab sich auf die Pirsch.

Er verschwand im dichten Tipidorf und bei den letzten, südöstlich gelegenen Wigwams verliess er das Lager.

Es gab dort einen schmalen Landstrich mit vielen unterschiedlichen, umfangreichen Wildbüschen, die sich bis zu diesem langen, südöstlich gelegenen Höhenzug hinzogen. Er benutzte diese geschickt als Deckung, indem er tief gebückt - das Gewehr schussbereit in den Händen haltend - umsichtig vorwärts schlich. Der Frühmorgennebel begünstigte sein Vorhaben.

So gelangte er in kürzester Zeit hinter diese langgezogenen Anhöhen. Nun galt es, absolute Vorsicht walten zu lassen.

Der Wind wehte günstig. So konnten die Banditenpferde keine Witterung von ihm aufnehmen und ihn angeben, falls sie in der Nähe weilten.

Der weisse Indianer, dessen Gehör all die vielen Jahre in der Wildnis geschult wurde, vernahm nun schwache Wortfetzen, die ihm der Morgenwind zutrug. Die Banditen mussten nicht allzuweit sein. Er schlich in nördlicher Richtung weiter voran.

Nun wurden die Wortfetzen deutlicher. Er musste sich direkt unter ihnen, am Fusse ihres Hügelzugs befinden.

Er beschloss, den Hügelrücken emporzusteigen - vorsichtig, leise, langsam, Schritt um Schritt! Die wuchernden Gestrüppe gaben ihm den nötigen Schutz.

Nun hatte er sich den Banditen bis auf etwa fünfundzwanzig Yard angenähert.

Die Vier lagen alle in Abständen von je zweieinhalb Yard nebeneinander auf dem Hügelkamm. Dabei kommunizierten sie im halblautem Ton miteinander. Dies waren die Wortfetzen, die er vernommen hatte.

Er presste sich hinter dem Gestrüpp, das vor ihm lag, flach auf den Boden. Dabei spähte er nach ihren Pferden aus. Ungefähr elf Yard rechts von ihm sah er sie.

Sie waren an eine Gruppe dünner Bäumchen angebunden, die hie und da auf dem langgezogenen Hügelrücken erblühten.

Sein Plan war klar: Die Pferde losmachen und weg-treiben, um damit den Banditen eine Lektion zu erteilen, die sich gewaschen hatte.

Er stahl sich zu den Pferden hin - immer noch gegen den Wind. Sobald er diese erreichte, wirkte er leise und beruhigend auf sie ein. Er band sie alle geschickt los, band ihre Zügel aneinander und bestieg das kräftigste Tier unter ihnen. Darnach trieb er sie mit einem wilden Indianerschrei vorwärts!

Clyde, Cole, John und Red Crow brüllten entrüstet auf, als sie realisierten, dass sich ihre Pferde soeben mit einem fremden Reiter aus dem Staube machten.

Sie konnten nichts dagegen unternehmen. Schiessen lohnte sich nicht, denn Shewadsneh presste sich flach auf den vordersten Pferderücken und gab dadurch im Morgennebel kein gutes Ziel ab.

Ausserdem wollten sie ihre Pferde nicht gefährden.

Sie mussten ihn, wohl oder übel, mit den Pferden ziehen lassen.

In Kürze legte Shewadsneh mehrere Meilen zurück. Danach begann er ruhiger zu traben und hielt schliesslich bei einem kleinen Gewässer mit üppigem Wildgras an. Nun befestigte er fünf Pferde an den hier wachsenden Kurzbäumen.

Das sechste Pferd, das er geritten hatte, mit diesem galoppierte er nun zum Rosebud zurück. Er musste dabei unwillkürlich in sich hineinlächeln.

Er schätzte, dass die Meute um Clyde knappe *elf Meilen zu Fuss* durch unwegsames Gelände zurücklegen musste, um wieder bei ihren Pferden zu sein.

Das war ein bitteres Los.

******

Kapitel 20

Juni 1876:

General Three Stars Crook war zufrieden. Die Einheit war bis jetzt gut vorangekommen und die Shoshonen Söldner leisteten ausgezeichnete Arbeit.

Sie waren nun nicht mehr weit vom Tongue River entfernt.

Er veranlasste, dass die Truppe hier am kleinen Gewässer, ein Nachtlager aufbaute. Innert kurzer Zeit geschah dies.

Crook erwartete im Führungszelt die neuesten Beobachtungen von den ausgesandten Indianerscouts.

Er hockte auf einem Holzhocker hinter einem kleinen, gezimmerten Tisch mit einer brennenden Kerzenlampe obendrauf. Der Schein dieses Handlichts verbreitete genügend Helligkeit, so dass er die angefertigte Papierlandkarte, die ausgebreitet auf dem Holztisch lag, ausreichend lesen konnte. Es war eine Grobzeichnung vom Bighornland, mit den wichtigsten Flüssen: Dem Powder River, dem Tongue River, dem Rosebud Creek, dem Little Bighorn River, dem Bighorn River und dem Yellow Stone River. Natürlich war sie nicht so absolut genau, aber sie erfüllte ihren Zweck hinreichend. Angefertigt hatte diese der Mountainman Jim Bridger, der hier für längere Zeit jagte und sich daher in diesem Flecken Erde gut auskannte.

Als er so im Nachdenken versunken war, betrat völlig lautlos Black Coyote, der Führer der ausgesandten Shoshonen Scouts, das Zelt.

Erst als dieser beinahe am Tischchen stand, bemerkte ihn Crook. In halblautem Ton sprach er zum Scout: "Ihr verdammten *peaux-rouges* könnt unsereiner einen schönen Schrecken einjagen."
"Wir haben gelernt, uns in der Wildnis angepasst zu verhalten. Deshalb leben wir schon so lange in ihr." antwortete ihm der Indianer.
"Well, well. Was gibts Neues, Black Coyote?"
"Dreieinhalb Tagesreisen von hier, im Tal des Rosebud, befindet sich ein grosses Indianerdorf. Es sind *Hunkpapas, Sioux, Cheyenne, Oglala und Andere.*"
"Das ist doch was. Wir sind genug stark. Wir werden sie anpirschen und attackieren. Gut gemacht, Black Coyote!"
"Der General wird dies wohl im nächsten Sold an mich gebührend berücksichtigen." lächelte der Indianerscout.
"Das gibt einen Extrasold für dich." bestätigte Crook.
Der Indianer nickte leicht den Kopf und verliess das Zelt wieder.
Mit neuer Motivation rollte der General die Karte zusammen und versorgte diese wieder in der Lederhülle. Endlich ging es wieder vorwärts.
Danach blies er die Kerze im Glasgehäuse aus und legte sich rücklings auf die Pritsche.
Noch eine ganze Weile sinnierte er über diese willkommenen Neuigkeiten nach.

******

Kapitel 21

<u>*Juni 1876:*</u>

Sitting Bull tanzte drei Tage lang und starrte in die grelle Sonne. Er trank und ass nichts. Ebenso schröpfte er sich an den Handgelenken Blut ab. Die glühenden Sonnenstrahlen brannten unbarmherzig auf ihn nieder. Dabei verfiel er in eine tiefe, religiöse Trance. In diesem Zustand tat sich ihm eine majestätische Vision kund. Er erblickte gewaltige Bilder und eine deutliche Stimme rief zu ihm:

"Ich gebe euch Macht über diese Weissen, weil sie keine Ohren haben." Er blickte zum Himmel auf. Dann sah er Blauröcke mit den Köpfen nach unten vom Himmel herabstürzen, wie Heuschrecken, so dass ihnen die Mützen herunterfielen. Sie stürzten mitten ins Indianerlager hinein. Wakan Tanka gab ihnen diese Soldaten, weil sie keine Ohren haben, in die Hände, damit die Indianer sie vernichten konnten. Der grosse Geist fügte aber noch eine Warnung hinzu: "Sie sollen die toten Soldaten nicht ausrauben oder verunstalten."

Sitting Bull wusste nun: Der *allmächtige Wakan Tanka* hatte zu ihm gesprochen, wie die Geister der Ahnen es ihm zuvor mitgeteilt hatten.

Gestärkt, mit frischem Glauben und neuem Mut, kehrte er ins Indianerlager zurück.

***

Voller Erwartung empfingen die Hunkpapas, Cheyenne, Sioux und Oglala Sitting Bull.

Auch die Hunkpapas hatten ihren Sonnentanz im Lager veranstaltet, jedoch nicht in solch ausgeprägter Art wie ihr Häuptling.

Sitting Bull galt bei allen Stämmen uneingeschränkt als oberste Autorität. Als er nun im grossen Häuptlingsrat seine Vision kundtat, ging diese wie ein Feuerblitz durch das gesamte Lager und alle erkannten es: *"Der allmächtige Wakan Tanka ist auf unserer Seite!"*

Aber auch Crazy Horse war nicht untätig. Er hatte seit dem Fetterman Kampf gegen die Blauröcke, der vor zehn Jahren stattgefunden hatte, ihre Kampfweise analysiert und intensiv darüber nachgedacht. Zu diesem Zweck begab er sich oft in die Black Hills, um Wakan Tanka anzurufen, damit *Er* ihm Zauberkräfte im Kampf gegen die Pferdesoldaten gab.

Der Oglala Häuptling kam zum Schluss, dass die Soldaten am stärksten und erfolgreichsten kämpften, wenn sie feste Gefechtsformationen bildeten, und genau das musste man ihnen verunmöglichen, denn dann konnte man sie besiegen. Demzufolge arbeitete er eine entsprechende Strategie aus, die in ihrer Art und Weise für die Indianer etwas völlig neues darstellte.

***

Shewadsneh befand sich gemeinsam mit seinem Sattelgefährten Sam auf einem Rundgang durchs gewaltige Indianerlager im Rosebud.

"Es ist unglaublich. Es gibt hier mehrere tausend Indianer und davon sind etwa zweitausend Krieger." bemerkte Sam zum Freund.

"Ja, es ist eine gewaltige indianische Armee und es gibt auch hervorragende Kriegshäuptlinge hier: *Sitting Bull, Crazy Horse und Two Moon*. Ich denke, es ist das stärkste indianische Heer, das ich je sah." bestätigte ihm Shewadsneh.

"Wenn die verflixten Blauröcke Böses im Schilde führen, wird es für sie hier kein Morgenspaziergang werden." sagte Sam.

"Du hast ja auch die Vision von Sitting Bull vernommen. Es bedeutet, dass die Indianer in der folgenden und auch in weiteren Schlachten siegreich sein werden." freute sich Shewadsneh.

"Beim Allmächtigen. Das wünsche ich mir auch für diese liebevollen, naturverbundenen Menschen." seufzte Sam.

Als sie so am Reden und Vorwärtsschreiten waren, kam ihnen unverhofft Long Kendrick entgegen.

"Ah! Black Robe." grinste Sam. "Black Shawl hat uns von dir berichtet. Was ist denn dein so dringendes Anliegen an uns?"

"Zuerst einmal: Willkommen im Tal des Rosebud. Es freut mich, euch zu sehen." lächelte Kendrick.

"Angenehm." begrüsste ihn nun auch Shewadsneh.

"Ich denke, wir können zur Wasserquelle gehen. Dort kann man ungestörter miteinander reden." schlug Kendrick vor.

"Wir sind dabei." antwortete Sam.

Sie gingen gemeinsam zur Quelle hin, die sich auf der Westseite des Lagers befand und die reichlich Wasser bot. Hier hockten sie auf die Wiese neben der Quelle und schauten einige Minuten zu, wie die verschiedenen Squaws mit ihren älteren Kindern Wasser in ihre Tonkrüge und Büffelledersäcke schöpften und anschliessend wieder ins Lager zurückschritten. Es war ein ständiges Kommen und Gehen, aber niemand interessierte sich für die Männer, die etwa fünf Yard weg von der Quelle sassen. Die Gelegenheit, in halblautem Ton ein ruhiges Gespräch zu führen, war demnach gegeben.

"Nun, *Priester,* was ist dein Anliegen?" fragte Shewadsneh neugierig.

"Ihr könnt mich Kendrick nennen. Es gefällt mir besser. Ich habe eine Frage an euch: Du trägst einen grossen Namen, *She-wad-sneh,* der hier im westlichen Grenzland nicht unbekannt ist. Ebenso hast du einen guten Ruf unter den Indianern. Deshalb frage ich dich. Was genau ist im Februar dieses Jahres in Stonewall vorgefallen? Es begann im Gold-Star Saloon, endete später schrecklich und klebt nun an euch beiden..."

"Well, ich habe es schon vermutet, dass der Wind aus dieser Richtung weht." stellte der weisse Indianer fest. "Nun zu deiner Frage: In dem illegalen Goldgräbernest Stonewall läuft so einiges krumm. Die Nugget Digger, die dort ihr Gold aus dem French Creek schürfen, müssen unter Androhung von Leib und Leben ihre Claims zu Spottpreisen an den Thompson Clan verschachern. Sam, mein Kumpel hier, wollte sich dem nicht beugen. Das Ergebnis davon war eine Schiesserei im Saloon. Ein Hinterhalt. Und zwei tote Thompson Brüder."

"Ah, ich verstehe... Und nun möchte Clyde Thompson euch nur zu gerne am Galgen sehen." entgegnete Kendrick.

"So ist es, mein lieber Priester." bestätigte Sam.

"Ich habe so etwas ähnliches geahnt, aber ich war Clyde noch einen Gefallen schuldig. Er kennt mich noch von meinen früheren, wilden Jahren."
"Sie scheinen mir eine ehrliche Haut zu sein, Kendrick! Ich habe Clyde und seinen Revolverkämpfern vor drei Tagen einen zweiten Denkzettel verpasst." schmunzelte Shewadsneh und erzählte ihm den Vorfall.
Nachdem er geendet hatte, erwiderte Kendrick: "Das wird er kaum fressen. Er ist dadurch bodenlos im Stolz verletzt und wird nach Rache dürsten."
"Soll er. Aber so glimpflich kommt er bestimmt nicht noch einmal davon. Darauf verwette ich meinen Zylinder." äusserte sich Sam.
"Ich glaube euch und werde mich aus dieser Sache heraushalten." versprach Long Kendrick.
"Das freut mich." sagte Sam. "Aber wenn ich dein tiefgeschnalltes Schiesseisen betrachte, dann ist mit dir auch nicht immer gut Kirschen essen, hä?!"
"Du siehst es richtig. Obwohl ich jetzt ein Jesuitenprediger bin, vertraue ich in brenzligen Situationen immer noch auf meinen Colt!" lächelte er.
"Ich sehe, dass Long Kendrick eine angemessene Weitsicht besitzt." erkannte Shewadsneh. "Und sicher ist er auch ein grandioser Prediger des Gotteswortes."
"Sagen wir es mal so: Ich versuche es zumindest." antwortete Kendrick.
"Naja, die Indianer sind natürlich stark an ihre Überlieferungen, Gebräuche und Traditionen gebunden und die Blauröcke tun ein übriges dazu." fügte Sam an.
"Da hast du recht, Sam. Nun denke ich, wird es für mich langsam Zeit, zu meiner Squaw White-Rose zu-

rückzukehren. Also, meine Freunde, bis zum nächsten Mal."
Sie verabschiedeten sich voneinander und Long Kendrick verschwand wieder im Indianerlager.
Shewadsneh und Sam blieben noch eine Weile an der Quelle hocken und besprachen einige Dinge miteinander. Danach begaben sie sich auch zurück ins Lager.

******

Kapitel 22

16./17.Juni 1876:

Am frühen Abend des 16. Juni entdeckte Black Eagle nach der Jagd, zusammen mit seinen Freunden White Feather, Black Bear und Silver Bird, zwischen zwei eng aneinander liegenden Hügeln in der Nähe des Rosebud eine Einheit Blauröcke, die sich hier für die Übernachtung einrichteten.

Unverzüglich preschten sie ins Indianerlager am oberen Rosebud zurück.

Sie galoppierten durchs ganze Indianerlager hindurch und schrien: "Three Stars Crook und die Blauröcke lagern nicht weit von hier! Sie vorbereiteten einen Überfall auf uns!"

Diese Nachricht schlug wie eine Bombe ein.

Eiligst wurde der Häuptlingsrat einberufen und man entschied, dass eine Hälfte der Krieger das Indianerlager beschütze und die andere die restliche Nacht zum Blaurocklager zurückkreite, um diese zu vernichten.

Shewadsneh und Sam entschieden sich, im Indianerlager zu bleiben, um hier Unterstützung zu geben - ebenso Long Kendrick.

Beim Abschied sprach Shewadsneh zu Crazy Horse: "Ich weiss, dass du siegreich sein wirst. *Denke an die Vision von Sitting Bull.*"

"Mein Bruder Sonnenhaar, ich vertraue dir Black Shawl und meine Familie an. Beschütze und bewahre sie mir."

"Mein Bruder Crazy Horse kann auf mich zählen. Sie werden bei mir und Sam sicher sein."

"Wakan Tanka wird mit uns sein." lächelte Crazy Horse und bestieg seinen Schimmel. Danach ritt er an die Spitze des Indianerzuges und befahl den Abmarsch.

Es waren nahezu eintausend Sioux- und Cheyenne-Krieger, die unter der Führung von Crazy Horse, Two Moon und Sitting Bull zum verborgenen Soldatencamp aufbrachen.

***

Der Trompeter der Blauröcke, Tom Ellis, blies beim Tagesanbruch das Morgensignal. In Kürze wurde die Einheit geweckt, machte die Morgentoilette und begab sich anschliessend zu den Küchenzelten, um das Frühstück einzunehmen.

"Es wird sicher bald brenzlig werden." bemerkte Sergeant Robert zu Jim, der neben ihm in der Warteschlange stand und aufs Frühstück wartete.

"Yeah. Ich spürs in allen Knochen." antwortete der Angesprochene.

"Ich habs euch ja gleich gesagt. Hier riechts nach peaux-rouges." warf Tom Ellis, der neben den beiden auf seine Portion wartete, ins Gespräch.

"Nun mal halblang. Malt den Teufel nicht gleich an die Wand." meinte Will, als er seinen Blechnapf dem ausschenkenden Küchensoldat Miller hinhielt, damit dieser ihm eine Portion Speck mit Bohnen aus dem grossen Kessel hineinschöpfen konnte.

"Du hast es ja auch vernommen. Im Rosebud hockt ein immenses Indianernest." sagte Robert nun.

"Well! So wirds wohl sein. Hoffentlich bekommen Crook und ein paar andere nicht gleich den Grössenwahn. Sonst werden wir hier alle einen erbärmlichen Abgang machen." erwiderte Will.

Als die Kameraden ihre Essensportion erhalten hatten, setzten sie sich neben den Zelten ins Gras und verzehrten ihr bescheidenes Mahl.

***

Am frühen Morgen des anbrechenden Tages, während sie von einem Hügelzug die Gegend ausspähten, entdeckten Crazy Horse und Sitting Bull das Lager der Blauröcke, die offensichtlich gerade ihr Frühstück beendet hatten. Sitting Bull sprach zu seinem Gefährten: "Wir werden sie alle vernichten, denn sie haben keine Ohren für die Stimmen des roten Volkes."

"Sitting Bull spricht mit der Klarheit des Bergwassers. Die Weissen besitzen kein Gehör, denn sie sind für die gerechten Wünsche unseres Volkes taub. Ja, mit unersättlichem Maul verschlingen sie alles, was sie in ihrer Gier ergattern können." erwiderte Crazy Horse.

Danach ritten sie den Hügelrücken hinab zu ihren wartenden Kriegern.

***

General Three Stars Crook schritt aus seinem persönlichen Zelt, in dem er soeben sein Frühstück beendet hatte, und begab sich auf das freie Stück Wiese, wo seine Einheit gerade das Frühstück abschloss. Er stellte sich vor die Soldaten hin und brüllte mit befehlsgewohnter Stimme: "Kavalleristen und Infanteristen! Wie ihr bereits wisst, hockt im Rosebud ein immenser Indianerhaufen! Wir sind genügend gut ausgerüstet, um ihnen den Garaus zu machen! Die Order lauten: Macht euch unverzüglich abmarschbereit und rückt in Gefechtsformation ins Tal des Rosebud vor! Ziel: Stossangriff auf die Indianermeute! Captain Egan, bereiten sie alles mit den Sergeanten vor!"

"Zu Befehl!" erwiderte Egan und gab seine Kommandos an die Untergeordneten weiter.

Innert kürzester Zeit war die Einheit bereit.

Sie stellten sich in vorgegebener Formation auf und rückten im Rosebud vor.

***

Crazy Horse instruierte die Krieger und erläuterte ihnen die neue Taktik des Angriffs auf die weissen Soldaten. Aufmerksam hörten sie zu und verinnerlichten sich die Vorgehensweise.

Als nun die indianischen Krieger aus ihren Wartestellungen hinter den Hügeln des Rosebud hervortrabten, ließ Crook das Angriffshorn blasen.

Doch die Indianer stürmten nicht ins offene Feuer der Karabiner, sondern wichen auf die Flanken aus und griffen die Blauröcke mit schnellen Jagdpferdattacken und genauen Schüssen seitlich an deren schwachen Stellen an. Sie blieben ständig auf ihren Pferden und wechselten andauernd ihre Positionen - entsprechend den Befehlen von Crazy Horse.

So wurde es für die Blauröcke undurchführbar, stabile Gefechtsformationen zu bilden.

Als die Mittagssonne erbarmungslos aufs Schlachtfeld niederbrannte, hatten die Indianer die Soldaten
in *drei* intensive, unterschiedliche Gefechte verwi-
ckelt.

Unermüdlich attackierten die Krieger die Blauröcke
mit ihren schnellen Jagdpferden, die sie oft auswech-
selten und liessen ihnen keine Ruhe. So wurden die
Soldaten in die Defensive gezwungen und aufs Verteidigen beschränkt. Die Indianer preschten vor,
schossen und galoppierten dann wieder zurück.

Es war eine zermürbende Taktik, die kein geordnetes
Gefecht auf der Soldatenseite zuließ.

Unter den vielen hervorragenden, jungen Kriegern
zeichneten sich durch ihren Wagemut besonders
Black Eagle, Silver Bird, White Feather und Black
Bear aus, sie motivierten auch haufenweise Andere,
es ihnen gleichzutun.

Crazy Horse war stolz auf seine neugewonnenen
Freunde.

So dauerte die Schlacht den ganzen Tag.

Als die Sonne unterging, hatte diese Angriffstaktik die
Blauröcke ausgeblutet.

Die Indianer verschwanden mit ihren schnellen Pferden so plötzlich wie sie gekommen waren in den Hügeln des Rosebud.

Zurück blieb eine völlig zerstörte Blaurockeinheit.

Crazy Horse hatte mit seiner neuen Angriffstaktik
und der geschickten Organisation bewiesen, dass er
ein ebenbürtiger Feldherr im Krieg gegen die Unionssoldaten war.

Man durfte, ja, konnte ihn nicht unterschätzen, wenn
man nicht erhebliche Verluste einfahren wollte.

Die Indianer hatten einen neuen, mächtigen und klugen Kriegsführer erhalten.

General Three Stars Crook zog sich nun mit seiner einschneidend reduzierten Einheit wie ein räudiger Strassenköter zum Stützpunkt am *Goose Creek* zurück.

Er war innerhalb weniger Monate bereits zum zweiten Mal vernichtend geschlagen worden.

******

Kapitel 23

Juni 1876:

Clyde raste und schnaubte vor Wut: "Obwohl ich ihn nicht erkennen konnte, gehe ich jede Wette ein, dass dieser verfluchte Shewadsneh uns dermassen übertölpelte. Wehe ihm, wenn ich ihn zu fassen kriege."
Er konnte kaum noch richtig gehen, mit seinen wunden Füssen.
Zudem schnitten ihnen allen die Gewehrriemen der umgehängten Winchestern ins Fleisch.
Auch deswegen fluchten und zeterten seine Mitstreiter nicht minder.
"Ich werde ihn vierteilen, wenn ich ihn in meine Finger kriege." krächzte Cole Younger, während er mühsam vorwärts stolperte.
Dirty John hustete: "Und ich werde ihn fesseln, zu einem Wasserloch schleppen und ihn da ersäufen."
Er spuckte ständig den eingehockten Speichel aus seinen Bronchien heraus.
Red Crow schwieg. Er war ein Shoshonen Scout. Dennoch wurmte es auch ihn, dass der weisse Indianer sie auf solche Weise veräppelt hatte.
Nachdem sich die Clique stundenlang in der Tageshitze vorwärts gequält hatte und das Wasser aus der einzigen Feldflasche von Red Crow gemeinsam leergetrunken hatte, erspähte der Shoshone in der Ferne ihre Pferde - angebunden bei einigen Kurzbäumen.
"Uff! Uff! Was sehen meine Augen? Unsere Pferde wohlbehalten bei einer Baumgruppe, ungefähr eine dreiviertel Meile von hier!" rief er aus.

"Der verdammte Indianer hat Augen wie ein Falke." lästerte Clyde. "Er sieht schon unsere Pferde."

"Kein Wunder. Er ist ja in der verfluchten Wildnis aufgewachsen." ächzte Cole und verhielt einen Augenblick.

"Es geschehen noch Zeichen und Wunder." würgte Dirty John hervor.

Sie waren allesamt bis aufs äusserste gefordert worden und diese Nachricht liess sie noch einmal ihre allerletzten Reserven mobilisieren.

Bis dahin würden sie es grad noch hinkriegen.

Red Crow hatte es ihnen richtig angesagt: Shewadsneh würde sie nicht ohne ihre Pferde in der Wildnis zurücklassen. Deswegen waren sie den Pferdefährten nachgefolgt.

Als sie endlich bei den Pferden, den Kurzbäumen, dem Wildgras und dem kleinen Gewässer angekommen waren, klappten sie vorerst einmal vor Erschöpfung restlos zusammen. So blieben sie eine längere Weile auf dem Grasboden liegen.

Einzig der Shoshone füllte wieder seine Feldflasche mit Wasser, trank etwas daraus und wartete geduldig im Schatten der Bäume bis die Bleichgesichter wieder zu Kräften kamen.

Er schätzte, dass sie um die *elf Meilen* herum zurückgelegt haben mussten. Nun zog er aus der Hosentasche seiner Büffellederhosen eine Taschenuhr, die an einer Messingkette festgemacht war und die er mal mit einem Mountainman am Yellow Stone River gegen einige Biberfelle eingetauscht hatte.

Er liebte dieses technische Wunderwerk und polierte regelmäßig das Messingehäuse, das er jetzt zuklappte, nachdem er auf dem Ziffernblatt die Uhrzeit eingesehen hatte. Es waren exakt sechseinhalb Stunden auf ihrem Weg hierher verstrichen.

Für ihn, einen Indianer, keine nennenswerte Distanz. Aber für diese ungelenken Bleichgesichter war das schon enorm, deshalb fielen sie ob solcher Anstrengungen kraftlos zu Boden.

Red Crow musste unwillkürlich in sich hinein lächeln. Diese Bleichgesichter waren ohne ihre Revolver und ihre Pferde für nicht allzuviel zu gebrauchen.

Ja, sie waren das Leben in der Wildnis nicht gewohnt und trotzdem trachteten sie nach dem Land des roten Mannes, um es auszubeuten.

Er würde diese Weissen nie verstehen können. Es gab so viel freies Land hier, dass es für alle reichen würde, wenn man richtig mit diesem wilden, ungestümen, schönen Land umgehen würde. Aber so etwas begriffen die Weissen nicht.

Für ihn selbst zählte nun nur noch eines: Dass er irgendwie mit diesen hässlichen Eroberern klarkam und es für ihn stimmte. Dafür arrangierte er sich.

Clyde kam als erster wieder zu Kräften. Er schleppte sich ans Wasserloch kniete hin und soff gierig das Nass, das er sich mit der hohlen Hand schöpfte. Das tat er eine ganze Weile. Danach stand er auf und trat zu seinem angebundenen Pferd heran, löste die Wasserflasche, stolperte wieder zum Gewässer zurück und füllte die Feldflasche randvoll. Dann erst schnaufte er zum sitzenden Red Crow: "Mein Pferd hat er mir noch gelassen. Nur dasjenige von Slim Quarry hat er selber benutzt, um zu türmen. Nobel!"

"Ja, er war grosszügig zu uns." antwortete der Shoshone.

"Darum bin ich beim Marsch hierher fast vor die Hunde gegangen, hä!" grunzte Clyde.

Nun war auch Dirty John wieder wach. Er stand auf, hustete einige Minuten wie verrückt, trat an sein Pferd heran, schnappte sich seine Feldflasche, ging zum Wasser und füllte sie. Dann trank er die halbe Flasche leer, hörte auf zu husten und füllte sie nochmals. Jetzt fühlte er sich wieder in der Balance und grinste: "Naja, jetzt sieht die Lage tatsächlich etwas besser aus."

Als Letzter erhob sich Cole. Er trat zu seinem Pferd, zerrte die Feldflasche aus dem Sattelzeug, leerte sie beinahe vollständig in einem Zug und schritt erst danach ans Wasserloch, um die Flasche wieder aufzufüllen.

Clyde schaute in die Runde und meinte: "Nun da wir alle unsere Pferde wiederhaben und auch genug getrunken haben, könnten wir eigentlich wieder zum verdammten Rosebud zurückreiten und weiterhin dem verfluchten She-wad-sneh auflauern, hä?!"

"Du hast sie wohl nicht alle." knurrte Cole. "Um nochmals überlistet zu werden?! Was?!"

"Nee, nee. Das kommt mir nicht in die Tüte. Wir gehen nicht nochmals dahin, Clyde." hustete John.

"Was meint denn unser Scout dazu?" hänselte Clyde.

"Es gibt bessere Gelegenheiten, um den weissen Indianer zu besiegen." lächelte Red Crow.

"So?! Was denn?! Erzähl es uns mal..." ereiferte sich Clyde.

"Wie ihr euch erinnert, sind die Blauröcke hinter Crazy Horse und Sitting Bull her - beides Freunde von She-wad-sneh. Wenn wir nun etwas zuwarten bis die Blauröcke zuschlagen, wird sich nachher sicher eine vorteilhaftere Möglichkeit ergeben, im geeigneten Moment einzugreifen, um ihn zu kriegen - mitsamt dem Mountainman."

"Eieiei. Der *Indsman* hat Köpfchen." grinste Cole. "So werden wir es handhaben."

"Dem stimme ich ausnahmsweise Mal zu." erwiderte Clyde.

"Bin voll dabei." feixte John.

"Also, steht der Schlachtplan. Wir werden uns auf diesem Landstrich beschaulich aufhalten und etwas zuwarten." schloss Clyde.

"In diesem Fall können wir den Rest des Tages und die kommenden in Ruhe hier beim Gewässer verbringen." fasste Cole zusammen.

So taten sie es dann auch.

******

Kapitel 24

Crazy Horse, Sitting Bull, Two Moon, Lame Deer, She-wad-sneh und Sam besprachen zusammen mit dem allgemeinen Häuptlingsrat die neue Ausgangslage.

Sie hatten die Blauröcke zweimal entscheidend geschlagen und ihnen Respekt beigebracht.

Ebenso waren seit dem 17. Juni keine Blauröcke mehr im Powder River Gebiet gesichtet worden.

Deshalb entschieden die Führer, ihre Stämme weiter nordwestlich zu verlegen. Mit auch ein Grund dafür war, dass die ausgesandten Späher im Tal westlich des Little Bighorn River große Gabelbockherden gesichtet hatten. Und es gab dort fettes Wildgras für ihre Pferdeherden.

Nicht lange danach breiteten sich am Westufer des Little Bighorn einige Meilen weit verschiedene Indianerlager aus.

Sam schätzte, dass es jetzt insgesamt um die zehntausend Indianer aus den unterschiedlichsten, hergereisten Stämmen sein dürften, nämlich: *Hunkpapa, Blackfoot Sioux, Sioux, Sans Arcs, Minneconjous, Oglala, Oglala Sioux, Brules, Cheyenne, Northern Cheyenne, Santee, Yankton und noch weitere Splittergruppen.*

Ungefähr viertausend davon waren kampferprobte Krieger.

Es waren schier unüberblickbare Tipidörfer!

Als Shewadsneh und Sam zusammen mit der Familie von Crazy Horse vor dessen Tipi sassen, um gemeinsam ihr Mittagsmahl einzuverleiben, breitete sich eine zuversichtliche Stimmung aus.

"Na, was meinst du Crazy Horse? Werden es die verflixten Blauröcke nochmals wagen, uns kleinzukriegen?" fragte ihn Sam.

"Sie hassen uns und sie nehmen alles von uns, was sie nur kriegen können, wenn es ihnen nur Dollars bringt. Ihre Habgier ist unersättlich. Ja, ich sage dir, sie kommen wieder und erst wenn der letzte freilebende Bison tot und der letzte Biber gehäutet ist, wird der weisse Mann merken, dass man Geld nicht essen kann." antwortete Crazy Horse.

"Mein Bruder spricht mir aus der Seele. Das Bleichgesicht kennt nur den Gewinn und für den tut er alles. Aber ich sage dir: Wakan Tanka wird ihm dafür eines Tages eine verdiente Rechnung unterbreiten." tröstete ihn Shewadsneh.

"Ich befürchte, dass die Tage nicht mehr fern sind, in denen es keine freilebenden Indianer mehr geben wird." tat der Oglala Häuptling ihnen seine düsteren Vorahnungen erneut kund.

"Wollen wir doch jetzt den wunderbaren Sommer geniessen und alles den Händen von Wakan Tanka überlassen." lächelte Black Shawl.

"Meine geliebte Squaw spricht mit der Weisheit der Alten, obwohl sie in der Blüte ihrer Jahre steht." freute sich Crazy Horse.

"Ich denke auch, dass dies mehr klug ist und uns zudem mächtige Flügel verleihen wird." motivierte Shewadsneh seine Freunde.

"Wir könnten nach dem Essen zusammen im Little Bighorn River ein bisschen schwimmen gehen." schlug Black Shawl vor.

"Dies halte ich für eine gute Idee." brummte Sam.

Wenig später schwammen die Freunde im erquickenden Flusswasser.

Gegen den Abend veranstalteten wieder einige Stämme ihre Tänze und so verbrachten die Freunde diese geselligen Sommertage mit Jagden, Festen und unterschiedlichen Tanzdarbietungen der verschiedenen Stämme.

***

Es waren dies ruhige, friedliche und freudvolle Tage. Auch die Freundschaft mit Long Kendrick vertiefte sich zwischen Sam und Shewadsneh. Und da White-Rose eine Verwandte von Crazy Horse war, sassen sie öfters bei den anregenden Aktivitäten und Anlässen zusammen.

Als sie wieder einmal zusammen an den abendlichen Lagerfeuern hockten, meinte der Prediger: "Schau mal Sam: Die Indianer sind eigentlich von Grund auf friedlich. Sie akzeptieren Andersdenkende und lassen sie ihr Leben so verbringen wie sie es wollen. Sie beanspruchen bloss dasselbe Recht für sich selbst."

"Da hast du recht. Aber die Mehrheit der Weissen wollen den Anderstlebenden ihre eigene Lebensweise aufbürden. Sie sind nicht fähig, ihnen ihre Eigenart zu lassen." erwiderte Sam.

"Hinzu kommt noch die Gold und Landgier." führte Kendrick an.

"Es ist zum Kotzen, wenn man darüber nachsinnt." ereiferte sich Sam.

"Es ist zum Verzweifeln, denn die Aggression der Weissen wird die Indianer zugrunde richten. Sie werden dieses Land überschwemmen und die Indianer in die hintersten Winkel vertreiben und solches steht im krassen Gegensatz zum Christentum, das ja gerade diese Weissen zelebrieren." seufzte der Priester.

"Wie siehst du nun deine Aufgabe inmitten dieses Widerspruchs?" fragte der Mountainman eindringlich.

"Dies habe ich mich auch schon des öfteren gefragt. Ich bin zum Schluss gekommen, dass Jesus Christus dermassen zentral ist, dass er jedem Hoffnung und Seelenfrieden bringen kann, egal wie sich dessen Lebensumstände präsentieren. Und dieser tiefe Seelenfrieden wird ihn befähigen, sein noch so schwieriges Leben zu meistern und Freude zu empfinden, die das normale Verständnis weitgehend übersteigt."

"Schön gesagt, Prediger. Eine schlüssige Antwort, aber meine Auffassung ist da anders." äusserte sich Sam dazu.

"Wir haben die Entscheidungsfreiheit und den freien Willen, über die Art und Weise, wie wir leben und handeln wollen. Aber dies alles birgt auch seine Konsequenzen - früher oder später." schloss Kendrick.

Shewadsneh trat ans Feuer heran und lächelte: "Na, ist unser Black Robe wieder mal am Philosophieren?" Er setzte sich zu ihnen.

"Nicht am Philosophieren, am Aufklären..." entgegnete der Angesprochene.

"Ich weiss schon." antwortete ihm Shewadsneh.

"Gibts was Neues?" fragte Sam.

"Bis anhin ist es friedlich, aber ich traue dem nicht so recht. Es würde mich nicht überraschen, wenn Three Stars Crook doch noch einige Trümpfe aus seinen Taschen hervorzaubert." antwortete der weisse Indianer.

Crazy Horse trat nun auch herzu und bestätigte die Befürchtungen seines Freundes: "Sonnenhaar spricht wahr. Ich hatte in der letzten Nacht einen beunruhigenden Traum. Ich habe darin Long Hair Custer gesehen. Er führt Schreckliches im Schilde. Ich habe auch einen schwarzen Raben im Traum erkannt. Dies ist ein Symbol für den Tod. Ich glaube, der *schwarze Engel* wird bald eine reiche Ernte einholen."

"Was sein muss, soll sein, aber eines verspreche ich euch: So wahr ich Sam Coperfield heisse, wenn meine Stunde schlägt, zerre ich noch ne Menge Gesindel mit."

"Wenn der große Oglala Häuptling solch ein Gesicht sah, dann hat unser allmächtiger Gott so einiges beschlossen." stellte Kendrick fest.

Nun schritt auch Sitting Bull herzu. Er hatte gerade noch die letzten Worte von Crazy Horse und Long Kendrick vernommen und setzte sich nun zusammen mit Shewadsneh und dem Oglala Häuptling zum Lagerfeuer hin.

Dann sagte er ihnen: "Meine Freunde, es ist gut, dass Crazy Horse so ein Gesicht hatte und es bestätigt meine Vision, die ich beim Sonnentanz erhielt. Die Blauröcke gibt uns Wakan Tanka in die Hände, weil sie keine Ohren haben. Und damit war nicht nur der Kampf am Rosebud gemeint, nein, es ist ein viel grösserer, bedeutender Sieg, den ich geschaut habe. Aber wir dürfen auch die Warnung, die der grosse Geist beigefügt hat, nicht ausser Acht lassen: Ihr sollt eure Opfer, die toten Soldaten, nicht entstellen und nicht berauben."

"So sehe ich es auch." bestätigte ihm Black Robe.

Shewadsneh drückte es so aus: "Ich fühle, dies ist die Rechnung, die der mächtige Wakan Tanka den Weissen darreichen wird. Aber man muss natürlich die ganze Kundgebung befolgen."

Für einige Minuten herrschte Stille an diesem Feuer und jeder machte sich seine innersten, eigenen Gedanken darüber.

Unterdessen hielten die jungen Krieger lange Lanzen mit aufgespiessten Gabelbockfleischstücken über die verschiedenen Feuer, um diese zu braten. Anschliessend wurden diese Fleischbrocken auf Holzböcken in Stücke zerschnitten und danach an alle verteilt. Es gab genug Fleisch und jeder konnte sich daran satt essen.

In positiver Stimmung meinte Sam dazu: "Wollen wir das herrliche Fleisch geniessen, auch wenn dies vielleicht unsere *Henkersmahlzeit* sein wird."

"Der Mountainman Sam spricht wie immer treffende Worte." lächelte Crazy Horse dazu.

Besinnlich schloss dieser Abend.

******

Kapitel 25

24. Juni 1876:

George Armstrong Custer, seines Zeichens Oberstleut-
nant des 7. Kavallerie-Regimentes der Unionsarmee,
war mit seinen Soldaten bereits im Rosebud Tal angekommen und suchte verbissen die Indianerdörfer
von Crazy Horse und Sitting Bull.
Er trabte mit dem Regiment durch den langgezogenen, weitverzweigten Canyon und seine Scouts suchten unermüdlich nach Hinweisen, die zum Aufent-
haltsort der Indianer hinführen sollten.
Bald wurden sie fündig.
Bonito meldete Custer am späteren Nachmittag:
"Oberstleutnant, wir haben Spuren gesichtet, die
eindeutig auf das Gebiet beim Little Bighorn River
hinweisen."
"Gute Arbeit, Bonito." lobte er ihn und liess die Suche
unverzüglich abbrechen.
Danach erteilte er den Abmarschbefehl an die Unterführer: "Kavalleristen, wir wenden und reiten sofort
ins Gebiet des Little Bighorn River. Ausführen!"
Wenig später zog das Kavallerieregiment in die ange-
gebene Richtung weiter.
Gegen den Abend erreichte das Regiment die letzten
Bergkämme des Rosebud vor dem Tal des Little
Bighorn Rivers. Custer liess seine Leute hier absitzen
und ein Nachtlager erstellen.

25. Juni 1876:

In den frühen Morgenstunden des 25. Juni 1876 meldeten ausgesandte Späher von Crazy Horse und Sitting Bull, dass Long Hair Custers Pferdesoldaten bereits die letzten hohen Bergkämme nach dem Tal des Rosebud überquert hatten und nun auf das Little Bighorn Tal zuritten.

Custer liess nach den Bergkämmen einen kurzen Marschhalt einlegen, um Nachrichten von seinen ausgesandten Shoshonen Scouts zu empfangen, die er noch im Morgengrauen losgeschickt hatte.

In der Mitte des Morgens trafen Bonito und Black Dog ein und meldeten ihm, dass im Little Bighorn Tal eine *aussergewöhnliche Übermacht von Indianern* ihre Lager aufgeschlagen hatten.

Custer entschied, trotz dieser überraschenden Neuigkeit das Lager anzugreifen.

Er befahl seine Unterführer zu sich: "Major Reno und Captain Benteen, hierher!"

Die beiden trabten unverzüglich zum Kommandanten an der Führungsspitze.

Als sie bei ihm angekommen waren, gab Custer folgende Befehle: "Hauptmann Benteen, Sie nehmen drei Kompanien und durchstreifen die zerklüfteten, östlich gelegenen Hügel. Wenn Sie dort fündig werden, greifen Sie an."

"Zu Befehl!" antwortete er, zog die Kompanien ab und begab sich ans Werk.

"Major Reno, Sie nehmen ebenfalls drei Kompanien und stossen flussabwärts auf der westlichen Seite des Little Bighorn River vor und greifen vom Süden her an, sobald sie auf peaux-rouges treffen."

"Zu Befehl!" antwortete dieser und tat wie ihm geheissen wurde.

"Und Hauptmann Mc Dougall, Sie bleiben mit einer Kompanie zurück, um den Versorgungszug zu schützen."

"Zu Befehl!" erwiderte dieser und verblieb.

Dann zog Long Hair Custer mit den übrigen fünf Kompanien weiter voran, um vom östlichen Nordende her die Tipidörfer im Little Bighorn Tal anzugreifen, sobald Major Reno das Gefecht auf der westlichen Südseite eröffnen würde.

So organisierte und teilte er seine zwölf Kompanien auf.

******

Kapitel 26

25. Juni 1876:

Shewadsneh, Sam, White Bull, Long Kendrick und seine Squaw White-Rose befanden sich, weit nordwestlich, vom Zufluss des Little Bighorn River in den Bighorn River, zusammen mit ihrem Vater Grey Dog, in der Nähe des Yellow Stone River, auf Bisonjagd.

Sie waren um Mitternacht bei klarem Sternenhimmel losgezogen, um die Büffel, die auf freiem Felde nächtigten, am frühen Morgen zu erreichen.

Sie rechneten mit einer ergiebigen Beute und hatten auch noch sechs zusätzliche Pferde mit Zugtragbahren dabei. Mit diesen war White-Rose betraut.

Die Gruppe ritt im leichten Trab vorwärts. Als die ersten, frühmorgendlichen Sonnenstrahlen die Wolkendecke durchbrachen, hatten sie ihr Ziel erreicht.

Sie hielten vor einer fruchtbaren Ebene an, in der Nähe des Yellow Stone Rivers.

Shewadsneh spähte mit seinem Militärfeldstecher die weite Ebene ab.

"Hey Leute, ungefähr zwei Meilen von hier lagert eine mittelgrosse Büffelherde. Es wird eine gute Jagd." lächelte er und versorgte den Feldstecher wieder.

"Na denn, worauf warten wir noch?" begeisterte sich Sam.

"Freunde, wir wollen ruhig und konzentriert vorgehen, dann segnet uns Wakan Tanka." mahnte Grey Dog.

Die Gefährten trabten nun umsichtig gegen den Wind immer näher an die ruhende Herde heran.

Dass die Bisons noch nicht richtig aufgewacht waren, begünstigte ihr Vorhaben.

Als sie sich bis auf etwa eine Meile angenähert hatten, stiegen sie von den Pferden und gaben diese in die Obhut von White-Rose.

Die Squaw verhielt mit den zwölf Pferden in einer tieferen Wiesensenke, die mit grossen Wildbüschen angereichert war. Sie band die Tiere an den kräftigsten Büschen fest, um sie leichter beaufsichtigen zu können.

Dies alles geschah weitgehendst geräuschlos und mit absoluter Konzentration.

Danach pirschten die Freunde im hohen Widgras näher an die Beute heran, ihre Gewehre schussbereit in den Händen haltend.

Geschickt wussten sie, die natürlichen Tarngelegenheiten des Geländes und die verstreut wachsenden Wildbüsche zu ihrem Vorteil auszunutzen.

Als die Jäger sich schliesslich bis auf treffsichere Schussweite herangearbeitet hatten, legten sie sich behutsam im hohen Wildgras nieder und nahmen die Bisons aufs Korn.

Jeder sollte mindestens zwei erlegen. Dies ergab dann zehn wohlgenährte Büffel als Jagdbeute.

Auf ein Handzeichen von White Bull eröffneten alle gleichzeitig das Feuer.

Nach zwei schnellen Feuerschlägen brachen elf Bisons unter den tödlichen Schüssen ein.

Der Rest der Herde schreckte auf und stob rechts ausweichend davon.

Die Freunde blieben im Gras liegen bis der Run vorüber war.

Dieser dauerte wenige Minuten, dann wars vorbei.

Jetzt erhoben sie sich und schritten auf die erlegten Büffel zu.

Es war ersichtlich, dass es ein toller Fang war.

Als sie um die ersten der elf Exemplare herumstanden grinste Sam: "Bei Gott, diese Beute ist aller Annahme würdig. Aber wer von uns war so ungeheuer schnell, dass er *drei* Prachtviecher erlegen konnte?"

"Natürlich She-wad-sneh." lächelte White Bull.

"Hätt ich mir denken können. Keiner schiesst so schnell und genau." knurrte Sam.

Nun winkten sie White-Rose mit den Tragpferden herbei.

Gemeinsam häuteten und zerlegten sie ihre Beute und verteilten diese auf die vorbereiteten Zugbahren.

Es war eine ruhige, konzentrierte Arbeit, die viel Zeit beanspruchte und in der nicht viel gesprochen wurde.

Nach getaner Arbeit sagte White Bull, der Leiter der Jagdgruppe: "Morgen kehren wir mit Freude über diese Beute zu den Tipis zurück."

Sie blieben den restlichen Tag hier, richteten ein Lagerfeuer her und verzehrten frisch gebratenes Büffelfleisch.

Darnach schliefen sie die Nacht hindurch.

Am nächsten Morgen ritten sie wieder zurück ins Tal des *Greasy Grass.*

******

Kapitel 27

Juni 1876:

Clyde Thompson und seine Meute hatten sich während den letzten Tagen konsequent bei den schattigen Bäumen und dem Gewässer aufgehalten. Sie erbeuteten einiges an Kleinwild, das sich in dieser Gegend rumtrieb. So litten sie weder Durst noch Nahrungsmangel - auch nicht ihre Pferde, die sich hier am Wildgras sattfrassen.

Ihre eigenen, arg zerschundenen Füsse und Körper erholten sich allmählich.

Als sie so stufenweise wieder zu Kräften kamen, meinte Clyde an einem dieser Tage, es sei nun wieder an der Zeit, sich um die Angelegenheiten von Sam Coperfield und Shewadsneh zu kümmern.

"Nun mal halblang." wandte Cole Younger ein. "Dass wir uns um diese beiden Kerle kümmern sollen, ist OK für mich, aber wir sollten dabei nichts überstürzen - verdammt nochmal."

"Das denke ich auch." krächzte Dirty John.

"Was meint unser Red Crow dazu?" wandte sich Clyde an den Indianer.

Der Shoshonen Scout erhob sich von seinem Sitzplatz am Lagerfeuer - im Bewusstsein seiner indianischen Wurzeln und der ihm eigenen Würde.

Er stand vor die Gefährten hin und sprach zu ihnen: "Meine weissen Freunde, denn dafür halte ich euch, ihr habt mich um Rat gefragt - und das weiss ich zu schätzen. Nun denn, soweit ich die Lage beurteilen kann, soll man hier mit der List der Schlange vorgehen, die ihre Beute belauert und im richtigen Moment zupackt. Im Bighornland geschieht einiges, was ich nicht liebe: Die Blauröcke halten sich nicht an die grossen Verträge, die meine roten Brüder mit dem weissen Vater in Washington abgeschlossen haben. Darum ist das gesamte Grenzland im Aufruhr. Aber diese Dinge überlasse ich Wakan Tanka. Mein Rat an euch ist der: Denkt an die Schlange und umkreist eure Beute. Jetzt ist der Zeitpunkt für dich, Clyde, zum Tal des Little Bighorn River zu gehen, um die Mörder deiner Brüder zu ergreifen. Denn wenn die warmen Winde wehen, sind meine roten Brüder nicht mehr im Rosebud, sondern im Tal des *Greasy Grass.*"

"Ihr habt es gehört. Red Crow vertritt meinen Kurs. Also, auf was warten wir noch? Wir werden innerhalb der nächsten halben Stunde aufbrechen, ins Tal des *Greasy Grass*, und unser Scout wird uns anführen!" Clyde schrie es beinahe.

Eine halbe Stunde später ritt das Quartett zum Tal des Greasy Grass.

******

Kapitel 28

<u>25. Juni 1876:</u>

An diesem heissen Juninachmittag rannte *Red Horse,* ein Ausrufer, durch das Hunkpapa Camp am Südende der Zeltstadt, die auf der Westseite des Little Bighorn Rivers lag und schrie: *"Die Blauröcke kommen! Eine Vielzahl Blauröcke! Sie wollen uns vernichten!"*
Dieser Alarmruf wurde von Lager zu Lager weitergegeben - bis zu den Cheyenne, die am Nordende des gigantischen Lagers ihre Tipis aufgestellt hatten.
Sitting Bull und Gall, die am *Südende* ihre Wigwams hatten, begannen sofort, den Widerstand zu organisieren, als Major Reno, der auf sie gestossen war, aus etwa 330 Yard Entfernung das Feuer auf das Lager eröffnete.
Sitting Bull gab Weisung, dass sämtliche Frauen und Kinder der gesamten Zeltstadt dem Fluss entlang in nördlicher Richtung an einen sichereren Ort fliehen sollten.
Ihre Flucht wurde durch eine Gruppe Blackfoot Sioux unterstützt, die ihnen *zu Fuss* Feuerschutz gaben.
Gall sammelte nun rasch eine grössere Gruppe Hunkpapa, die auf ihre Pferde sprangen und einen Gegenangriff auf Renos Truppen ausführten.
Schnell schlossen sich ihnen weitere Krieger der Santee, Sans Arc und Blackfoot Sioux an.
Diese starke Streitmacht stoppte Renos Blauröcke und trieb sie zurück.
Die Soldaten wechselten ihren Standort auf eine zweite, weiter zurückliegendere Stellung.

Indem nun Galls Krieger rasch nachstiessen, verwandelten sie Renos gestaffelten Rückzug in eine Flucht durch den Fluss, hinüber, auf die östliche Seite des Little Bighorn River.

Hier verschanzten sich die Kavalleristen hinter einigen, kleinen Hügeln in Flussnähe.

Auf der Nordseite des Lagers, organisierte *Two Moon* mit den Cheyenne, Northern Cheyenne, Sioux und Yankton, den Gegenstoss. Sie bestiegen ihre Pferde und stiessen über den Fluss auf die andere Seite vor, in der zwischenzeitlich Custers *fünf* Kompanien ihren Angriff begannen.

Gleichzeitig reagierte nun Crazy Horse, indem er die Oglala, die Oglala Sioux, die Minneconjous und die Brules unter seine Führung nahm. Dabei wurde er von *Rain in the Face* unterstützt, einem jungen Kriegshäuptling. Zusammen galoppierten sie mit ihrer Schar auf den Pferden über den River, um *vereinigt* mit Two Moons Leuten, Custers Hauptmacht frontal anzugreifen.

Das alles geschah in kürzester Zeit.

Schüsse, Pulverrauch und Schreie von Verwundeten liessen die heisse Luft erzittern.

Gall, der mit den Hunkpapa, Blackfoot Sioux, Sans Arc und Santee, Renos Soldaten erfolgreich abgewehrt hatte, ritt jetzt auch über den Fluss, um hier mit einem Teil seiner Krieger von der südöstlichen Seite her, Custers Hauptmacht zu attackieren.

Ein anderer Teil von Galls Kriegern *hielt auch auf dieser Seite des Flusses,* Renos Einheiten, zusammen mit Hauptmann Benteens Einheiten, die mittlerweile zu Renos Truppe *nachgestossen* waren, unter Feuerkontrolle.

Two Moon, Crazy Horse, Sitting Bull und Gall griffen nun die Kavalleristen mit der Intensität eines Hurrikans an und operierten auch kriegstechnisch hervorragend.

Zudem waren sie ihnen zahlenmäßig und waffentechnisch überlegen.

Die Soldaten waren in der Unterzahl und nur mit *Armeecolts* und einschüssigen *Springfield Trappdoor Karabinern* ausgerüstet, welche durch das Absetzen und häufige Nachladen Ladehemmungen produzierten.

Daher stiessen sie binnen kurzem an die Grenzen ihrer Abwehrmöglichkeiten.

Ein beträchtlicher Teil der Indianer besassen jedoch mehrschüssige Henry- und Spencer-Repetiergewehre, sowie Winchestergewehre, die eine schnelle Schussfolge hatten und sich ebenfalls auf kurzer Entfernung ausgezeichnet bewährten.

Zudem benutzten sie *alte* Hinter- und Vorderladergewehre und Perkussionsrevolver. Ebenso Pfeil und Bogen, die auf mittlere Distanzen eine hohe Treffsicherheit aufwiesen.

Im Nahkampf setzten sie Tomahawks und Keulen ein.

Und so begann sich die Vision von Sitting Bull zu erfüllen, die er bei seinem dreitägigen Sonnentanz von Wakan Tanka empfangen hatte.

- Custer schickte augenblicklich einen schnellen Kuriereiter zu Benteens Truppen, als diese zu Renos Truppen aufschlossen, er forderte sofortige Unterstützung, Reno änderte jedoch diesen Befehl, aufgrund seiner eigenen, ungünstigen Lage und behielt

Benteens Truppe bei sich - ein Entscheid, zu dem er aufgrund seines Majorranges absolut berechtigt war.
So versuchte Custer nun alleine, mit den ihm zur Verfügung stehenden Kräften das *Hauptschlachtfeld* zu behaupten.
Custer, der von Two Moon und Crazy Horse westlich, und von Gall auf der südlichen Seite massiv attackiert wurde, setzte nun Captain Keogh mit seinen Soldaten an der südlichen Seite als Abwehr von Galls Kriegern ein. Auf der westlichen Seite tat dies die Einheit von Captain Callhoun.
Als seine *fünf* Kompanien eine nach der anderen von den Indianern *überrannt und ausgetilgt* wurden, verschob sich Custer mit einem Restteil seiner Soldaten weiter nordwestlich, um sich dort auf einem grösseren Hügel weiterhin zu verteidigen.
"Männer, hier werden wir kämpfen bis die Verstärkung eintrifft!" brüllte er und scharte die sechzig Kavalleristen um sich.
Sie stiegen von ihren Pferden und bildeten einen konzentrierten Abwehrkreis, dabei feuerten sie in alle Richtungen. Zusätzlich verschanzten sie sich noch hinter den getöteten Pferden.
In der Zwischenzeit umritt *Rain in the Face* mit seinen Kriegern Custers letzten Stand und griff ihn vom Norden her an.
Nun umkreisten die Indianer diese letzte Stellung der Blauröcke und griffen von allen Seiten unermüdlich an.
Long Hair Custer und seine Getreuen kämpften bis zum letzten Blutstropfen. Sie feuerten aus allen Rohren, doch die Übermacht der Indianer wälzte

schliesslich diese letzten Sechzig wie eine Geröll Lawine nieder.

Und so kam es, dass schlussendlich alle fünf Kompanien, sowie Custer selbst, von den vereinigten Indianerstämmen in kurzer Zeit, vollständig niedergerungen und umgebracht wurden.

Major Renos und Captain Benteens Resteinheiten hatten sich unterdessen bei den Hügeln am Fluss in festere Stellungen eingegraben und verschanzt, sowie ein Verwundetennest aufgebaut.

Die Indianer umzingelten, belauerten und beschossen, diese Soldaten den restlichen Tag und die Nacht hindurch.

***

<u>26. Juni 1876:</u>

Am nächsten Morgen wurden diese Soldaten erneut intensiv von den Indianeren attackiert. Dadurch verloren weiterhin, etliche von ihnen, ihr Leben.

Frühmorgens schickten Crazy Horse und Sitting Bull Späher aus, um die Gegend ums Little Bighorn Tal herum, auszukundschaften.

Im Verlaufe des Tages kamen diese zurück und meldeten, dass neue Pferdesoldaten aufs Little Bighorn Tal zuritten.

Es waren dies die Kavallerieeinheiten von One Star Terry und Colonel John Gibbon.

Crazy Horse, Sitting Bull, Gall, Rain in the Face und Two Moon, die Hauptkriegshäuptlinge, sowie andere Stammesführer hielten daraufhin eine weitere Beratung ab.

Als sie so im Kreise einander gegenüber hockten, sprach Crazy Horse: "Meine lieben Brüder, *Wakan Tanka* hat uns einen mächtigen Sieg über Long Hair Custer beschert, der die *Thieves Road* in die heiligen Black Hills gebaut hat. Auch haben wir ein mächtiges Heer der Pferdesoldaten vernichtet. Doch jetzt dringen noch mehr Blauröcke ins Tal des Greasy Grass. Wir sind müde und erschöpft vom Kämpfen und haben auch schmerzliche Verluste zu betrauern. Ebenso neigt sich unser Munitionsvorrat dem Ende zu. Deshalb schlage ich vor, dass wir unsere Lager hier abbrechen und nördlich zu den Bighorn Mountains weiterziehen."

"Crazy Horse spricht mit der Klugheit des erfahrenen Kriegers und besitzt die Weisheit der Eule, die in der Dunkelheit der Nacht ihre Beute findet. Darum schliesse ich mich seinem Rat an. Denn seht, wir sind nur Wenige im Vergleich zu den Blauröcken, die schnell wieder eine Vielzahl Soldaten zusammenbekommen werden." sagte Sitting Bull dazu.

Auch Two Moon unterstrich die Notwendigkeit eines Platzwechsels: "Wir haben mit dem Segen von Wakan Tanka einen grossen Sieg errungen und ich erachte es als klug, wenn wir von hier weggehen an einen besseren Ort, wo sich unsere Squaws und Kinder wieder sicherer fühlen werden."

"Wir sind wie die Bisons und ziehen von einem Ort an einen anderen. Und wie die Bisons immer weniger werden, so werden auch wir immer weniger. Aber meine Augen möchten noch einige Sommer lang den Frieden sehen. Deshalb nehme ich dankbar den Rat von Crazy Horse an." unterstützte Rain in the Face den Vorschlag.

Gall sagte zu dem allen: "So wie der Adler die Freiheit über alles liebt, so liebe ich sie auch. Hier im Tal des Greasy Grass jedoch ist unsere Freiheit in Gefahr, denn die Koyoten wollen sie uns wegnehmen. Und ich werde vor diesen Koyoten fliehen, bevor sie mich packen."

Auch die anderen Häuptlinge nahmen diesen Rat einstimmig an. So begannen sie alle ihre Tipis abzubrechen.

******

Kapitel 29

26. Juni 1876:

Shewadsneh erreichte mit der Jagdgruppe das Indianerlager, als sich diese daran machten, die riesige Tipistadt abzubrechen.

Sie ritten vom Norden her auf der Westseite des Little Bighorn River ins Lager hinein. Als sie die Verwundeten und Toten erblickten, wussten sie, dass eine Schlacht stattgefunden hatte.

Die Gruppe ritt nun im Schritt zum Wigwam von Crazy Horse.

Angekommen stiegen sie von ihren Pferden. Shewadsneh trat zum Oglala Häuptling heran, der gerade Black Shawl half, den Wigwam abzubrechen. Er sprach: "Mein Bruder Crazy Horse, meine Augen erkennen, dass euch hier eine gewaltige Schlacht widerfahren ist. Und ja, meine roten Brüder haben gesiegt, aber wie hoch war der Preis, den sie dafür bezahlten?!"

"Wir haben ein mächtiges Blaurockheer bezwungen und Long Hair Custer ist ins Reich der Schatten hinabgestiegen. Möge Wakan Tanka ihm Gnade erweisen, denn siehe, viele unserer roten Brüder, auch Kinder und Squaws, sind ebenfalls in die ewigen Jagdgründe gegangen, deshalb müssen wir trauern. Nun müssen wir fliehen, denn es sind noch weitere Pferdesoldaten auf dem Ritt hierher." antwortete ihm der hünenhafte Indianer niedergedrückt.

"Habt ihr die verdammten Kavalleristen ordentlich in die Pfanne gehauen, hä? Geschieht ihnen recht! Das ist eine Lektion, die sie nicht so schnell vergessen werden..." grollte Sam.

"Mein Freund Sam besitzt ein grosses Herz unter seiner rauen Schale..." lächelte Crazy Horse. "Und er freut sich auch über die ertragreiche Büffeljagd, die sie hinter sich haben."

"Well, well, mein Freund Crazy Horse, aber nun müssen wir unser Festmahl auf später verschieben..." klagte Sam.

"An einem anderen Ort, zu einer anderen Zeit, werden wir Musse haben, das Mahl zu geniessen, Sam." antwortete Shewadsneh.

"Dies ist der Sieg, den Gott euch verheissen hat! Aber ihr habt richtig entschieden: Die Unionssoldaten werden immer mehr und meine roten Freunde immer weniger. Deshalb ist es weise, von hier zu fliehen." bestätigte ihm Long Kendrick.

"Black Robe, ich spüre deine Sorge um mein Volk. Was glaubst du? Gibt es hier für uns noch eine Zukunft? Im Grenzland der Weissen?" fragte der Häuptling.

"Das kann ich dir nicht beantworten, *Wakan Tanka* aber, kennt eure Bedürfnisse und er wird meinen roten Brüdern einen Platz geben. Denn auch Jesus sagt: Ich gehe und werde euch einen Platz bereiten, denn es ist genug vorhanden, ja, so dass noch übrigbleibt."

"Mein Freund spricht edle Worte. Ich werde sie in meinem Herzen bewahren." sanft sprach dies Crazy Horse aus.

White-Rose, Grey Dog und White Bull standen dabei und beteiligten sich hörend, aber schweigend am Gespräch. Auch Black Shawl unterbrach für eine Weile ihre Arbeit und nahm die gesprochenen Worte in ihre Seele auf.

Shewadsneh fasste es zusammen: "Wollen wir froh sein, dass meine roten Brüder für dieses Mal einen mächtigen Sieg errungen haben - auch wenn dieser mit teurem Blut erkauft war. Dennoch brennt das Licht der Hoffnung in mir. Habt ihr die Blauröcke restlos besiegt?"

"Aus den Worten von She-wad-sneh höre ich seine Grenzlanderfahrung heraus. Mein Bruder hat es richtig vermutet: Es sind noch nicht alle Pferdesoldaten vernichtet. Am südlichen Ende unseres Lagers, auf der Ostseite des Flusses, hat sich noch ein Restgruppe zwischen den Hügeln eingegraben. Sie leisten noch Widerstand. Sie sind jedoch sehr geschwächt und in geringer Anzahl und werden überwacht. Deshalb werden sie uns in Ruhe ziehen lassen." antwortete Crazy Horse.

In diesem Augenblick begann der aufkommende Westwind dunkle Gewitterwolken über das Tal des Little Bighorn River zu treiben und der Himmel verdunkelte sich.

"Sieht nach einem heftigen Sommergewitter aus..." schloss Sam, als er zum Himmel aufblickte.

"Es wird in Kürze aus allen Kübeln giessen." bestätigte Kendrick.

Black Shawl und Crazy Horse bemühten sich nun, ihr Tipi mit ihrem Hab und Gut rasch abzuräumen und auf die Tragbahren zu verpacken, die sie bereits an ihren danebenstehenden Pferden befestigt hatten.

Das ganze Lager war eifrig damit beschäftigt, ihr Hab und Gut ebenfalls umzupacken, ehe der bevorstehende Wolkenbruch die Schleusen des Himmels öffnete.

Long Kendrick, Grey Dog und White-Rose begaben sich nun eiligst mit ihrem Teil der Beute zu ihrem Wigwam, um Red Sun zu helfen.

Auch White Bull schritt mit seinem Pferd und einem Teil der Bisonbeute zu seinem Tipi, um seiner Familie beim Abräumen beizustehen.

Shewadsneh und Sam verblieben beim Häuptling und halfen, wo sie konnten.

Fünfundvierzig Minuten später blitzte und donnerte es. Der Himmel leerte alle seine Wasserreservoire auf einmal.

Es war einer Sintflut gleich, von Wakan Tanka persönlich heruntergegossen.

Der Fluss stieg binnen kurzem über seine Ufer und war nirgends mehr überquerbar.

Die Wiesen konnten bald kein Regenwasser mehr aufnehmen und das Gelände verwandelte sich in Morast.

Es war kein Ende des Gewitters in Sicht und die Bekleidung der Indianer durchnässte sich vollends.

"Wakan Tanka ist traurig und weint..." sagte Black Shawl.

"Ja, er weint grosse Tränen, weil so viele Erdenbewohner wegen dem Hass und der Ungerechtigkeit der Bleichgesichter, die uns keinen Frieden gewähren wollen sterben mussten." fügte der Häuptling an.

"Damned! Ihre Land- und Goldgier empört beinahe täglich den Himmel!" fluchte Sam zornig.

"Freunde, ich denke, jenseits der Bighorn Mountains lacht die Sonne freudiger..." sprach Shewadsneh ihnen Mut zu.

"Mein Bruder Sonnenhaar sieht die Dinge in einem angenehmeren Licht und füllt unsere traurige Herzen mit Wärme, deshalb liebe ich ihn." lächelte Crazy Horse.

Allmählich regnete es weniger heftig.

Alsbald hatten alle Indianerstämme ihre Wigwams - und was sonst noch mitkommen musste - verpackt und ihre Toten mitgenommen.

Noch bevor das Abendrot aufkam, verliessen sie in einer langgezogenen Menschen- und Pferdekolonne das Tal Richtung Norden.

Shewadsneh und Sam schlossen sich Crazy Horse und Black Shawl an.

Auch Long Kendrick und White-Rose entschlossen sich dazu, ihre Schwiegereltern Grey Dog und Red Sun vorerst mal zu begleiten.

Langsam wurde der Regen dünner, dauerte aber immer noch an.

Die zurückgebliebenen Unionssoldaten, die sich weiterhin hinter den Hügeln jenseits des Flusses verschanzt hielten, waren ausreichend mit ihren Verwundeten, dem Regen und ihren Toten beschäftigt.

Befreit atmeten sie nun auf, als sie sahen, dass sämtliche Indianer das Tal verliessen.

******

Kapitel 30

26. Juni 1876:

Clyde Thompson und seine Revolvermeute erreichten kurz vor dem Sonnenuntergang das Tal des *Greasy Grass* auf der südlichen Westseite des Little Bighorn Rivers, unmittelbar nachdem es aufgehört hatte zu regnen.

Auf einem Hügelkamm in der Nähe des Flusses verhielten sie kurz mit ihren Pferden. Clyde zog das Fernrohr aus seinem Sattelzeug, hob es an seine Augen und spähte die vor ihnen liegende Landschaft ab. *"Ei, ei, ei. Was sehen meine Augen.* Es muss sich hier eine grössere Schlacht abgespielt haben. Haufenweise tote Blauröcke, besonders auf der Ostseite des Flusses. Und vom Indianerlager sind nur noch kümmerliche Reste vorhanden. Die verdammten *peaux-rouges* sind abgehauen!" berichtete er seinen Gefährten aufgeregt. Dann nahm er das ausgezogene Fernrohr wieder herunter.

"Damned! Dann sind unsere Lumpen wieder entwischt!" fluchte Cole lauthals, der auf dem Pferd neben ihm verhielt.

"Cool bleiben, Leute. Wir schnappen sie schon noch. Die Fährte ist ja ausreichend sichtbar, trotz des vorausgegangenen Dauerregens." grinste Dirty John.

"Wenn wir sie finden sollen, so wird es der *Grosse Geist* geschehen lassen..." erklärte Red Crow mit stoischer Ruhe.

"Jetzt wird unser roter Freund auch noch religiös!" grölte Clyde hysterisch. "Weisst du, Red Crow, an solche Dinge glaube ich nicht. Ich zähle lieber auf meine Winchester." fügte er noch an und tätschelte hernach mit der freien Hand sein Gewehr im Sattel-schuh.

Red Crow schwieg dazu.

Clyde hob das Fernrohr erneut an seine Augen, um nun das ganze Panorama zu überblicken. Dann pfiff er zwischen den Zähnen hervor: "Hey, Freunde, es gibt noch eine Restgruppe Blauröcke. Sie haben sich auf der südlichen Ostseite des Flusses hinter einigen Hügeln verschanzt. Es ist kaum zu glauben, aber es sieht so aus, als hätten sie von den *peaux-rouges* eine ordentliche Schlappe eingesteckt."

"O Mann! Dann haben die peaux-rouges aber gewaltig zugeschlagen." kicherte Dirty John.

"Ich sags ja immer wieder: Man darf die vermaledeiten Rothäute niemals unterschätzen." mahnte Cole.

Clyde nahm das Fernrohr wieder herunter und sagte: "Leute, egal was die Rothäute mit den Blauröcken angestellt haben, unsere beiden Schurken will ich noch persönlich an einem Galgenstrick hochziehen!"

"Bald verschwindet die Sonne hinter den Hügeln. Wir sollten uns einen sicheren Übernachtungsplatz suchen." schlug Red Crow ihnen vor.

"Das sehe ich auch so, Clyde." kommentierte Cole dazu.

"Also, Jungs, machen wir uns auf die Suche danach." erwiderte Clyde.

Sie machten kehrt und ritten gemeinsam vom Hügel-kamm herunter.

Eine Weile später fanden sie einen guten Schlafplatz zwischen einigen Kiefern am unteren Ende des läng-lichen Hügelkamms.

Kapitel 31

<u>27. Juni 1876:</u>

Am 27. Juni, im Verlaufe des Morgens, schlürften Clyde und seine Sattelgefährten gemächlich ihren Morgenkaffe, den Cole am kleinen Feuer mit seinem Kaffeezeug zubereitet hatte, als der Wind ihnen vermischte Lärmfetzen aus Säbelklirren und Hufschlägen zutrug.

"Habt ihr dies gehört, Jungs? Klingt nach Kavalleristeneinheiten." bemerkte Dirty John.

"Ja, es muss eine Vielzahl sein." bestätigte Red Crow zwischen zwei Schlucken des heissen Getränks.

"Wenn unser Scout mit seinen Luchsohren das erzählt, dann muss es tatsächlich eine Menge sein." kommentierte Cole.

"Ich steig mal auf den Hügelkamm und besichtige mir die Angelegenheit." sagte Clyde dazu.

"Tu das, Boss. Wir wollen uns ja nicht unnötig überraschen lassen." ermunterte ihn John.

Clyde verliess den gemütlichen Kaffeplatz und stieg zu Fuss den Hügelkamm hoch. Oben angelangt zog er sein Fernrohr aus und beäugte damit die Gegend. Überrascht erkannte er, dass zwei riesige Kavallerieeinheiten, vom Norden herkommend, bei den Hügeln auf der Ostseite des Little Bighorn River angekommen waren - da, wo sich der Überrest der Blauröcke nach der Schlacht verschanzt hatte. Offensichtlich war dies die Verstärkung, die sie erwartet hatten, die jedoch erst jetzt eintraf.

Die peaux-rouges hatten verdammten Dussel gehabt. Ihr Sieg wäre gegen alle diese Kavalleristen ziemlich

schwierig, wenn nicht sogar unwahrscheinlich gewe-
sen, reiften seine Überlegungen.
Das waren ungeheuerliche Neuigkeiten. Die musste
er seinen Kumpels berichten.
Behände stieg er wieder den Hügelkamm hinunter,
hin zur Feuerstelle, bei der sie auf ihn warteten.
Als sie ihn erblickten und er noch etwas näher an sie
herangetreten war, fragte Cole neugierig: "Und, Boss?
Was gibts für Neuigkeiten?"
Clyde berichtete ihnen seine Beobachtungen und
Schlussfolgerungen.
"Das ist aber ein dickes Stück." sagte John. "Da ha-
ben die Blauröcke ein erstklassiges Ding aufgespannt
und beinahe hätte es geklappt."
Red Crow hörte schweigend zu und trank seinen Kaf-
fee. Er machte sich darüber seine eigenen Gedanken.
Für ihn war es klar: Dies war das Werk von Wakan
Tanka. Darüber teilte er seinen Begleitern aber nichts
mit. Solches behielt er stets für sich.
"Was gedenkst du nun zu tun, Boss?" fragte Cole wei-
ter.
"Wir werden in Ruhe unseren Kaffee zu Ende trinken
und dann setzen wir der neuen Spur unserer Galgenvögel nach." erwiderte Clyde.
Eine Stunde später hefteten sie sich an die frische
Fährte.

******

Kapitel 32

Im Verlaufe des Morgens erreichten die Kavallerieeinheiten von General One Star Terry und Colonel John Gibbon das Tal des Little Bighorn River.
Sie ritten vom Norden her auf der Ostseite des Flusses hinein. Ungefähr in der Mitte des langen Tales - bevor der Little Bighorn River in den Bighorn River floss - fanden sie das Schlachtfeld.
Diese Ostseite des Flusses war mit Leichen von Kavalleristen übersät.
Langsam und vorsichtig trabten die Einheiten dem Fluss entlang bis sie auf die restlichen Soldaten stiessen, die sich im südlichen Mittelteil des Tals zwischen einigen kleinen Hügeln in der Nähe des Flusses eingegraben hatten.
Major Marcus Albert Reno empfing die Einheiten, indem er aus den Verteidigungsstellungen heraussteig und ihnen zusammen mit Captain Frederick William Benteen entgegenschritt.
One Star Terry befahl einen unverzüglichen Marschhalt und stieg vom Pferd herunter, um die beiden zu begrüssen.
"Major Reno, sieht nicht gerade erfreulich aus, Ihre Lage."
Der Angesprochene salutierte und antwortete: "General, wir haben die Schlacht verloren. Oberstleutnant Custer ist gefallen und mit ihm seine _fünf_ Kompanien. Auch ich und Captain Benteen, mit den uns zugeteilten _sechs_ Kompanien, sind fast vollständig aufgerieben worden. Fast alle toten Kavalleristen

wurden skalpiert, teilweise verstümmelt und ausgeraubt."

"Die verfluchten *peaux-rouges* können es einfach nicht lassen... Verdammt nochmal! Wie war sowas möglich, Major?"

"Die vereinigten Stämme waren in beträchtlicher Überzahl, kriegstechnisch ausgezeichnet geführt und hervorragend bewaffnet."

"Wo sind die verdammten Rothäute nun hingezogen?"

"Sie haben gestern am späteren Nachmittag, das Tal mit ihren Verwundeten und Toten, in nördlicher Richtung verlassen."

"Nun denn, so bleibt uns nicht mehr viel übrig als hier abzuräumen, alle unsere Toten zu begraben und die Schwerverletzten mit Tragbahren an die Maultiere anzuhängen. Anschliessend verschieben wir uns zum Versorgungsschiff *Far West* am Yellow Stone River."

"General, dies erscheint mir auch als das Klügste."

Befehle und Order wurden erteilt und die Kavalleristen begannen dieses Vorhaben in die Tat umzusetzen.

Mit der *Far West* wurden die Schwerverletzten dann zum Fort *Abraham Lincoln* verschifft, wo sie medizinisch versorgt wurden.

Als die Weissen der Ostküste von Oberstleutnant George Armstrong Custers katastrophaler und vernichtender Niederlage erfuhren, waren sie zutiefst schockiert und empört. Sie forderten von Washington sofortige strafliche Massnahmen gegen sämtliche Indianer des westlichen Grenzlandes.

******

Kapitel 33

Juni 1876:

Sitting Bull, Gall, Two Moon, Rain in the Face und andere Häuptlinge trennten sich von Crazy Horse, nachdem sie das Tal des Greasy Grass verlassen hatten.

Jeder Stamm ging nun seinen eigenen Weg weiter.

Crazy Horse ritt mit seinen Oglala weiterhin auf die Bighorn Mountains zu.

Nachdem sie lange geritten waren, liessen sie sich im Norden der Bighorn Mountains in einem schmalen Canyon nieder, um hier für eine Handvoll Monate zu kampieren.

- _Zwei Tage später,_ nachdem sie ihr Tipidorf mit den Pferdekoppeln aufgebaut hatten, freuten sich die Oglala darüber, hier für einige Monde zu jagen, auszuruhen, die Verwundeten zu pflegen und als Stamm allmählich wieder zu Kräften zu kommen.

Spätabends hockten Sam, Shewadsneh, Black Shawl und Crazy Horse wiederum um ein Nachtfeuer vor ihrem Wigwam und verzehrten einen weiteren Teil des erbeuteten Bisonfleisches.

"So eine grossartige Beute hält eine Weile hin." schmunzelte Sam, als er mit Genuss das im Feuer gebratene Fleisch verzehrte.

"Mein Freund Sam weist einen gesunden Appetit auf." lächelte der Häuptling. "Er lobt damit Black Shawl, so dass ihr Herz jubiliert!"

Etwas verlegen grinste Black Shawl in die traute Runde und meinte dazu: "Es erfreut mein Gemüt, dass mein weisser Bruder mich auf diese Weise ehrt."

Nun schwiegen für einige Minuten alle und genossen das Mahl.

Darnach bemerkte Shewadsneh zum Häuptling: "Mein Bruder Crazy Horse, ich hoffe, dass du und deine Oglala hier in Frieden den restlichen Sommer verbringen können."

"She-wad-sneh spricht mir aus dem Herzen. Genau dies ist meine Hoffnung." antwortete er ihm.

"Dies wäre möglich, wenn die abscheulichen Blauröcke nicht existierten. Nach der verheerenden Niederlage am Little Bighorn lechzen sie ganz gewiss nach Rache!" fluchte Sam.

"Sie werden ihre Wut an den Reservatsindianern ausleben, obwohl diese nicht an der Schlacht teilnahmen, denn das ist ihre jämmerliche und unbrauchbare Indianerpolitik!" schimpfte Shewadsneh.

"Mein Volk musste so viel leiden unter der grobschlächtigen Gewalt der Bleichgesichter. Ja, meine einzige Zuversicht ist, dass der *Grosse Geist* sich unser annimmt - genau wie beim Abwehrkampf am Little Bighorn River." äusserte sich nun Black Shawl dazu.

"Black Shawl spricht recht. Ich denke auch, dass der *mächtige Wakan Tanka,* sich unser annehmen wird, obwohl viele meiner roten Brüder die Mahnung von Ihm missachtet haben und die Mehrheit der toten Blauröcke skalpierten, beraubten und teilweise verstümmelten." leise drang dies über Crazy Horses Lippen.

"Man kann es ihnen nicht verübeln - nach all dem Unrecht, das sie erlitten haben. Und *yeahh*, wenns Gott tatsächlich gibt, so gibt es bei ihm doch auch noch die Barmherzigkeit!" ereiferte sich Sam.

"Das Geschehene macht die Niederlage der Weissen jedoch noch drastischer und genau das wird für meine roten Brüder überhaupt nicht gut sein..." fügte Shewadsneh an.

Während sie so miteinander redeten, glitt der Abend in die Nacht hinein. Eine Nachtwache wurde erstellt und man erörterte die Lage weiterhin.

******

Kapitel 34

Clyde verhielt nun mit seinem Rudel am Ende des Taleinschnittes, wo sich die verschiedenen Indianerstämme aufteilten und ihre eigenen Wege einschlugen.

"Verfluchte Scheisse! Wo zum Teufel sind nun die Oglala mit Crazy Horse hingezogen?" lästerte er.

"Fragen wir doch mal unseren schlauen Freund Red Crow, hä?!" grinste Cole.

Dieser antwortete ihnen bedächtig: "Crazy Horse liebt die Berge und die grossen Nadelwälder, nicht die offene Prärie. Er wird in die Bighorn Mountains gezogen sein. In den mächtigen, einsamen Bergen kann er auch an verborgenen Plätzen meditieren, um mit dem *Grossen Geist* zu sprechen... Ja, er wird dorthin gezogen sein."

"Ihr habts vernommen, Jungs. Reiten wir zu den Bighorn Mountains. Dort schnappen wir die beiden gottverfluchten Schurken!" trumpfte Clyde auf.

Sie ritten in die zerklüfteten Gebirgsketten hinein.

Nach einem längeren Ritt wurde die Gegend immer rauer. Red Crow, der die Gruppe anführte, war jedoch imstande, die Pferdespuren der Oglala auch auf steinigem Grund, ausreichend, auszumachen.

So näherten sie sich immer mehr dem verschlungenen Canyon, in dem Crazy Horse mit seinem Stamm verweilte.

Nachdem sie für den Rest des Nachmittags eifrig der Fährte gefolgt waren, schlug ihnen Clyde vor: "He, Leute, ich denke, es ist an der Zeit, uns einen geschützten Rastplatz für die Nacht auszusuchen, zu ruhen und etwas Essbares zu erjagen. Morgen ist auch noch ein Tag."

Wenig später fanden sie in der Nähe eines kleinen Baches unter einem überhängenden Felsvorsprung einen Rastplatz und begannen den einzurichten.

Dirty John begab sich zwischenzeitlich auf die Pirsch, um Kleinwild zu erbeuten. Er schnappte seine Winchester und machte sich auf die Hatz.

Seine Gefährten sammelten derweil trockenes Feuerholz und bereiteten die Feuerstelle vor. Darnach banden sie die Pferde auf einem üppigen Wildgrasfleck an den dortigen Wildbüschen fest und warteten beim brennenden Feuer, das sie mit trockenen Ästen nachfütterten, auf die Rückkehr ihres Kumpels.

Nachdem John sich eine grössere Wegstrecke vom Rastplatz entfernt hatte, erspähte er in einem kleinen Kieferhain, dem er umsichtig näherkam, einen respektablen, männlichen Wapiti.

Das war ja ein Riesenjagdglück!

Er arbeitete sich nun schrittweise an die prächtige Beute heran.

Dann, im geeigneten Augenblick, ging er in eine kniende Stellung, hob die Winchester an, zielte, drückte ab und Blattschuss.

Der Wapiti sackte lautlos zusammen. Schnell schritt er nun auf das erlegte Tier zu. Als er unmittelbar vor dem erlegten Wapiti stand, vernahm er links neben sich ein Fauchen im Gehölz. Blitzschnell drehte er sich dem Geräusch zu und hob die Winchester an - eine Sekunde zu spät!

Ein wuchtiger, einäugiger, vernarbter Berglöwe sprang John an, warf ihn zu Boden und zerfetzte danach mit einem Prankenhieb Johns Hals. Damit tötete er ihn. Achtlos liess er dann vom Toten ab und zerrte den Wapiti als eigene Beute mit sich fort.

Red Crow wurde allmählich unruhig, weil John länger als üblicherweise ausblieb. Er sprach: "Ich werde mal nach dem Rechten sehen. Mir erscheint die Abwesenheit von John nun doch etwas zu lange."

"Ich habe auch ein mulmiges Gefühl und das entfernte Echo des Gewehrschusses scheint mir nun doch schon länger her." erwiderte Cole.

"Schaut nach. Wir sind hier mitten im Indianergebiet." sagte nun Clyde. "Ich wache hier bei den Pferden."

Die beiden packten ihre Gewehre und zogen los.

In kurzer Zeit fanden sie den Kiefernhain, zu dem Johns Fährte hinführte.

Als sie in den Hain eintraten, entdeckten sie auf dem Erdboden die verrenkte Leiche ihres Kumpels.

"Ein Berglöwe!" analysierte Red Crow.

"Das verdammte Scheissvieh hat ihm den Hals zerfetzt!" fluchte Cole.

"Er hat ein großes Wildtier erschossen. Könnte ein Wapiti gewesen sein. Der Puma hat ihn dabei überrascht und angesprungen. Es gab keinen Kampf. John muss sofort tot gewesen sein. Das Raubtier hat anschließend die Beute abgeschleppt." schloss der Indianer aus den Bodenspuren.

"So muss es gewesen sein... Das ist die abscheuliche Wildnis!" knirschte Cole. "Wir werden ihn hier bestatten. Ich gehe zurück und hol die kleine Kurzschaufel aus dem Sattelzeug von Mike Benson. Was zum Teufel hat er die immer mitgeschleppt?!"

Sie führten das Pferd ihres erschossenen Gefährten nämlich weiterhin als Reservereittier mit.

Wenig später kam er mit der Schaufel zurück und hob damit eine Vertiefung als Grab für John aus. Sie nahmen ihm die Colts mit dem Patronengürtel ab. Danach legten sie ihn gemeinsam hinein. Hinterher schüttete Cole Erde, Laub und Äste darüber. Das ganze Prozedere dauerte um die zweieinhalb Stunden. Mehr konnten sie nicht tun.

Als sie wieder zurück bei ihrem Rastplatz waren, tranken sie schweigend den Kaffee, den Clyde am Feuer für sie zubereitet hatte. Von den ehemals sechs Gefährten, waren sie nun auf deren drei zusammen geschrumpft.

Ihr Bedürfnis nach Essbarem war weggefegt.

******

Kapitel 35

Bevor das Morgenlicht die Nacht durchbrach und das Tipidorf noch in tiefem Schlummer weilte, stand Shewadsneh auf. Diese Gewohnheit hatte sich ausgezeichnet bewährt und ihn oft vor unangenehmen Überraschungen bewahrt. Deshalb hielt er an ihr fest.

Er zog die Mokassin an, nahm seine Rifle, setzte den Hut auf und trat vor das Zelt. Die ersten Vögel begannen zu erwachen und die Wildnis füllte sich allmählich mit ihrem Gepfeife und Gezwitscher.

Er begann seinen Rundgang durchs Dorf. Die einzigen zwei, die ebenfalls hellwach waren und auf das schlafende Dorf acht gaben, waren die beiden Nachtwachen Stumbling Bear und Yellow Wolf.

Shewadsneh kreuzte den Weg des einen auf seinem Rundgang.

"*She-wad-sneh* ist wie immer noch vor den Vögeln wach." lachte Stumbling Bear leise, als sie aufeinander trafen.

"Yeah, es hat mir oft das Leben gerettet." grinste er zurück: "Wo steckt Yellow Wolf?"

"Er sitzt beim Nachtfeuer am Westende des Dorfes und ruht ein wenig. Später macht er dann seinen Erkundungsrundgang." erwiderte Stumbling Bear.

"Ich sehe, ihr habt alles im Griff." rühmte Shewadsneh.

"Was gedenkt mein Bruder zu tun, wenn er seinen Rundgang beendet hat?" fragte ihn der Indianer.

"Ich werde meinen Blaurappen satteln und auf einen kleinen Erkundungsritt gehen. Mein Gespür verlangt danach."

145

"Ja, dieses Gespür, das aus dem Innern der Seele drängt, soll man immer beachten." bestätigte der Indianer.

"Das hat mich die Wildnis gelehrt, Stumbling Bear, und es ist gut, dass sie mir dies beigebracht hat."

"Mein Bruder besitzt den Mut des Adlers und die Schläue des Fuchses, deshalb ist er ein gewaltiger Krieger." anerkannte der Indianer.

Sie trennten sich und Shewadsneh schritt zur Pferdekoppel hin, die sich auf der Westseite des Tipidorfes befand - in der Nähe des Nachtfeuers von Yellow Wolf.

Er trat in die Koppel hinein und begrüsste seinen Hengst, der schon ein bisschen in der Koppel umhertippelte. Das Pferd wieherte leise, als es seinen Meister hörte.

Kurze Zeit später hatte er den Hengst gesattelt, öffnete die Koppel und begleitete ihn an den Zügeln hinaus. Anschliessend verriegelte er die Koppel wieder. Er sass auf und trabte vom Dorf weg in die Wildnis hinein. Sein Instinkt warnte ihn schon seit einiger Zeit. Es war so etwas wie ein irrationales, schleichendes, mulmiges Gefühl, das ihn befiel und nicht losliess sobald er an Clydes Revolvermeute dachte.

Er fühlte die Gefahr, die von ihnen ausging.

Ja, und diese Gefahr war noch nicht gebannt.

Deshalb machte er sich nun frühzeitig auf den Ritt.

In leichtem Trab ritt er ruhig und zügig voran.

Allmählich verschwanden die Nachtschatten und ein neuer Tag erwachte.

Nachdem er eine Weile in südlicher Richtung vorangeritten war, hielt er auf einem leichten Höhenzug inne. Er klaubte den Militärfeldstecher aus dem Sattelzeug, hob ihn an die Augen und begann den vor ihm liegenden Landstrich systematisch abzusuchen. Es war bereits heller Morgen und die Frühsonne drückte durch die dürftigen Wolken.

In südwestlicher Richtung, nicht weit von seinem Beobachtungsposten aus, entdeckte er eine kringelnde, schneeweisse Rauchfahne, die dünn wie ein Bleistiftstrich zum klaren Himmel emporkräuselte. Er pfiff leise durch die Zähne, denn er spürte wieder dieses unruhige Gefühl in seinem Innern.

Er musste dieses Feuer in Anschein nehmen.

Wer oder was hielt sich dort auf?

Dies wurde auf einmal enorm bedeutend für ihn.

Shewadsneh versorgte den Feldstecher wieder in den Satteltaschen und ritt den Höhenzug hinunter.

Er schätzte, dass diese Rauchfahne innerhalb der nächsten zwei Meilen in südwestlicher Richtung vor ihm lag. Das hiess, er musste umsichtig handeln, um nicht selbst entdeckt zu werden.

Er beschloss daher, noch etwas mehr als eine Meile im leichten Trab vorwärtszureiten. Dann würde er vom Hengst absteigen und zu Fuss weiter voran pirschen.

Nachdem er die geschätzte Strecke abgeritten hatte, stieg er vom Pferd herunter und schritt mit ihm in einen kleinen Hain hinein. Dort machte er es gut versteckt an einem knorrigen Baum fest, nahm die Rifle aus dem Sattelschuh und pirschte die restliche Entfernung eilig und geräuscharm voran.

Schrittweise näherte er sich dem länglichen Felsrücken, vor dem er die Feuerstelle vermutete.

Der sanfte Wind trug ihm spärliche Wortfetzen zu. Er hatte den richtigen Riecher gehabt. Der Rastplatz war unmittelbar vor dem Felsrücken.

Sachte wie ein Luchs beim Anpirschen der Beute arbeitete er sich den Felsrücken hoch, aus dessen Spalten und Ritzen vereinzeltes Strauchwerk hervorwuchs.

Oben angelangt verbarg er sich liegend hinter einem länglichen Querstrauch, der nahe vor ihm spross.

Nun konnte er die Stimmen deutlicher vernehmen. Es mussten drei Männer sein. Sie redeten ziemlich angeregt miteinander. Shewadsneh lauschte angestrengt. Sie waren direkt unter dem Felsen. Der Wind wehte günstig und so durfte er kurz verbleiben. Er lag hier, so stellte er nun fest, auf einem überhängenden Felsvorsprung.

"Was meinst du? Werden wir die Strolche bald in unsere Finger kriegen?" fragte die eine kräftigere Stimme.

"Es wird wohl nicht mehr allzulange dauern. Unser Scout ist der Meinung dass der Stamm nicht allzuweit von hier entfernt in einem versteckten Canyon haust." antwortete die andere Stimme etwas gedehnt. "Sehe ich das richtig, Red Crow?!"

"Du siehst es richtig, Boss." antwortete eine dritte Stimme etwas dünn.

Shewadsneh wusste nun genug. Es waren dies Clyde Thompson, einer seiner Gunfighter und der Indianerscout Red Crow, den er nach der Büffeljagd im Hinterhalt lauernd gesehen hatte. Wo der vierte Mann war, konnte er nicht ausmachen. Er entschied sich zu verschwinden. Diese Menschenjäger suchten

nach ihm und Sam. Das genügte. Und sie waren ver-
flixt nochmal auf der richtigen Fährte!

Ebenso sachte und eilig wie er heraufgepirscht war,
verschwand er wieder im Hain, band den Rappen los,
hockte auf und ritt zuerst für eine Weile bedachtsam,
darnach aber im Galopp zum Tipidorf zurück.

******

Kapitel 36

Um den Mittag herum erreichte Shewadsneh den Canyon, in dem das Indianerdorf stand.

Er preschte mit seinem Blaurappen ins friedliche Dorf hinein.

Kurz vor dem Wigwam von Crazy Horse bremste er das Pferd und stieg ab.

"Hey! Was ist denn los? Du fegst ja wie ein heisser Wüstenwind hierher!" fragte ihn Sam, der gerade aus dem Zelt trat, aufgeregt.

"Es ist ja auch dringend! Die Thompson Meute ist uns auf den Fersen!"

"Was höre ich da? Diese elenden Bastarde!" fluchte Sam.

"Genau! Sie kampieren wenige Meilen von hier in südwestlicher Richtung."

Shewadsneh machte mittlerweile den Hengst am rechten Holzpfosten neben dem Tipi fest und trat nun nahe an Sam heran.

Vor ihm stehend sagte er: "Wir müssen sofort etwas unternehmen, um sie loszuwerden. Sonst drehen die noch jedem von uns einen persönlichen Galgenstrick!"

"Und wir hängen dann daran, hä?! Könnte ihnen so passen!" griente Sam.

In diesem Moment schritt Long Kendrick auf das Häuptlingstipi zu.

Als er bei den beiden angelangt war, fragte er: "Ihr klingt ziemlich aufgebracht. Um was gehts denn?"

"Dein Freund kommt mit noch mehr Freunden und dann wirds lustig." witzelte Sam.

"Ich habs euch gesagt. Clyde wird seinen unfreiwilligen Fussmarsch in der Wildnis nicht so leicht hinnehmen. Zudem seid ihr für ihn die Mörder seiner Brüder. Und als solche gehört ihr nach seinem Gerechtigkeitssinn an den nächsten Galgen!" fasste Kendrick zusammen.

"Ich hätte eine Idee, wie man das mit ihnen regeln könnte." schmunzelte Shewadsneh.

"Dann lass mal hören." entgegnete Sam.

"Ich habe diesen Landstrich bei meinem Erkundungsritt ein bisschen ins Auge gefasst und habe eine halbe Meile vor der Einmündung in unseren Canyon, eine Wildwiesenfeld von ungefähr zwei Quadratmeilen ausgemacht. Es ist mit Wildbüschen überwuchert und enthält mehrere kleine Baumgruppen. Clyde muss durch diese Gegend reiten, bevor er in unseren Canyon eindringen kann. Dies wäre der ideale Ort, um der Bande aufzulauern und sie unschädlich zu machen. Sehr gut wärs, wenn wir dies zu dritt tun könnten." erläuterte Shewadsneh.

"Klingt vielversprechend. Ich bin dabei." sprach Sam.

"Ich werde euch beistehen und komme mit." entschloss sich Kendrick.

"OK. Ich werde noch zusätzliche Munition und etwas Proviant einpacken und meinen Rappen ein bisschen ruhen lassen. Bis in einer Stunde hier vor dem Wigwam." bestimmte Shewadsneh.

Eine Stunde später, nachdem sie noch Crazy Horse Bescheid gaben, machten sie sich auf den Ritt.

******

Kapitel 37

Clyde war guter Dinge. Sie befanden sich auf der richtigen Fährte und alles deutete gemäss Red Crows Zusicherungen darauf hin, dass der verborgene Canyon nicht mehr weit von ihnen lag.
Sie ritten im leichten Galopp vorwärts.
Nachdem die Bande so ungefähr zwei Stunden zugeritten war, näherten sie sich einem Wildwiesenfeld, das mit Wildbüschen überwuchert war und vereinzelte Baumgruppen aufwies.
Sie ritten weiter zu.
Kaum waren sie eine halbe Meile weit hineingeritten, knallte eine Gewehrkugel, aus der Baumgruppe die sich dreissig Yard links von ihnen befand, Clydes Cowboyhut vom Schädel.
Abrupt bremsten sie ihre Pferde ab, rissen ihre Gewehre aus den Sattelschuhen, stiegen eilends ab, zerrten ihre Pferde hinter eine Gruppe hoher Wildbüsche und warfen sich hinter diesen, auf dem Wiesenboden in Deckung!
All dies in der abnormen Schnelligkeit der Gehetzten!
Etwas völlig aussichtsloses, denn sie befanden sich damit auf dem Präsentierteller!
Dies wusste Shewadsneh sehr wohl, deshalb rief er:
"Clyde, wir könnten euch abschiessen wie Karnickel! Gib deine Absicht auf und verfolge uns nicht mehr länger!"
"Ich denke nicht daran!" schrie dieser zurück.
Darauf pfiff eine weitere Kugel durch die Wildbüsche knapp neben Cole vorbei.
Die Pferde gebärdeten sich unruhig. Red Crow, der sie sofort an einem krummen Zwergbaum hinter den

Sträuchern festgezurrt hatte, bekundete alle Mühe, die Tiere zu beruhigen.

"Boss, wir haben keine Chance. Sie werden uns in Kürze ins Jenseits befördern!" zischte Cole.

"Ich fordere dich auf, Clyde, gib auf! Ich kann auch genauer schiessen, wie du weisst!" schrie Shewadsneh erneut. "Und ich bin hier nicht allein! Wir sind zu dritt!

"Welcher gottverfluchte Halunke, ausser Sam, ist denn noch bei dir?!" brüllte Clyde zurück.

"Mein lieber Freund, du hast mir nicht die ganze Wahrheit über den Tod deiner Brüder mitgeteilt!" drang nun eine bekannte Stimme aus der Baumgruppe zu ihm herüber.

"Kendrick, du elender Verräter! Das hätte ich mir ausrechnen können! Du bist ja ohnehin eine halbe Rothaut!" lästerte Clyde.

"Wie ich sehe, seid ihr insgesamt nur noch drei Leute. Aufgebrochen seid ihr aber als Sechsermannschaft! Ist dies nicht ein hinreichendes Zeichen von Gott, für dich... Clyde?!" polterte Kendrick zurück.

"Jämmerlicher Heuchler!" lärmte Clyde und feuerte eine Kugel aus seiner Winchester in die Baumgruppe hinein.

Sofort krachte ein Gegengeschoss aus er Baumgruppe hervor und riss einen Fetzen Stoff von Clydes linker Schulter weg, ohne ihn jedoch zu verletzen.

"Dies ist meine letzte Warnung, Clyde! Ergebt euch! Oder wir schicken euch ins Jenseits!" schrie Shewadsneh lauthals zu ihnen.

Clyde begriff, wenn er hier noch heil herauskommen wollte, musste er den Kürzeren ziehen!

Er kreischte: "OK, ich bin einverstanden!"

Dann stand er auf und trat aus der Wildbuschgruppe hervor. Desgleichen tat Cole. Ebenso Red Crow.

Als sie so dastanden und zuwarteten, rief Shewadsneh erneut: "Lasst eure Gewehre zu Boden fallen. Danach zieht die Colts aus den Halftern und tut dasselbe noch einmal!"

Sie kamen der Aufforderung nach.

Die drei Freunde traten nun mit ihren Gewehren im Hüftanschlag behutsam aus der Baumgruppe heraus.

Sie schritten langsam und konzentriert auf ihre Verfolger zu. Ungefähr sieben Yard vor ihnen blieben sie stehen - ständig wachsam und die Situation unter Kontrolle haltend.

Shewadsneh befahl: "Tretet vier Schritte links neben eure Schiesseisen!"

Gehorsam kamen die Desperados der Aufforderung nach.

"Sam, packe ihre Schiesseisen zusammen." ordnete er weiter an.

"Mit Vergnügen." erwiderte dieser, hängte sein Gewehr um und pflückte ihre Waffen vom Boden auf. Sodann hängte er ebenfalls ihre Gewehre um und klemmte die erbeuteten Revolver in seinen Leibgurt.

Darnach trat er wieder einige Schritte zurück.

"Nun, werte Genossen," erklärte Shewadsneh, "werden wir euch die Hände fesseln und ihr werdet langsam auf eure Pferde aufsitzen. Darnach werden wir euch gemeinsam aus diesem Landstrich hinausbegleiten."

Er dirigierte sie schweigsam mit dem Lauf der Henry-Rifle - unterstützt von Sam, der seinen alten Armeecolt auf sie richtete.

Kendrick fesselte nun nacheinander jedem einzelnen die Hände vor dem Bauch zusammen. Dazu verwendete er das Lasso, dass er sich umgehängt hatte. Dieses schnitt er hierfür mit seinem Bowie Messer in geeignete Stücke.

Dies alles geschah höchst konzentriert und doch in völliger Gelassenheit.

Es herrschte Totenstille bis Kendrick sein Werk fertiggestellt hatte.

Nachdem die drei gefesselt waren, bestimmte Shewadsneh: "Und nun schreiten wir langsam zu euren Pferden. Ihr voraus und wir zwei Schritte hinterher."

In Einerkolonne schritten die Spitzbuben nun auf ihre angebundenen Pferde zu. Shewadsneh und seine Freunde folgten ihnen im leichten Halbkreis hinterher.

Bei den Pferden angelangt befahl der weisse Indianer: "Und jetzt hockt ihr alle drei brav auf den Grasboden nieder."

Die Angesprochenen befolgten die Anweisung.

Darnach sprach er zu Kendrick: "Hol du nun unsere Pferde. Wir warten derweil ein bisschen mit den werten Gentlemen hier."

Während Sam und Shewadsneh die Gefangenen behüteten, holte Kendrick die Pferde seiner Kameraden.

"Und nun? Was denkt ihr? Wollt ihr uns auf diese Weise loswerden?" maulte Clyde grosskotzig.

"Wir werden es, denn wenn ihr mit leeren Colts und leeren Gewehren und nur wenig Reservemunition losreitet, habt ihr Maden nicht mehr allzuviele Möglichkeiten." spottete Sam.

Nach dieser Aufklärung schwieg die Bande.

Fünfzehn Minuten später kam Kendrick gemächlich auf seinem Pferd reitend und den anderen zwei Reittieren im Schlepptau wieder zurück.

Bei ihnen angekommen stieg er vom Pferd herunter und nahm nun alle drei Reitpferde unter seine Obhut.

Danach wartete er.

Shewadsneh gab nun die Anweisung: "Genossen, aufstehen und auf eure Gäule steigen."

Die Banditen kamen der Aufforderung nach und bestiegen mit einiger Mühe ihre angebundenen Pferde.

Hernach machte Shewadsneh die fünf Tiere der Gefangenen los und band ihre langen Zaunzügel mit Strickstücken aneinander. Nun sassen Sam und Kendrick auf ihre Pferde.

Shewadsneh ergriff darnach den Zügelstrick des vordersten Pferds der Banditen und machte es an seinem Sattelknauf fest. Danach bestieg er seinen Blaurappen und trabte voraus. Die drei Banditen folgten auf ihren Pferden. Kendrick und Sam bildeten das Schlusslicht und sicherten die ganze Gruppe nach Hinten ab.

So ritten sie umsichtig in südlicher Richtung weiter.

Nachdem sie mehrere Meilen zugeritten waren, hielt die Gruppe in einem längeren, schmalen, zerklüfteten Canyon an.

"Hier ist Endstation, werte Leute." klärte Shewadsneh Clydes Clique auf. "Sam, leere nun alle Munition aus den Colts, Gewehren, Patronengurten und Satteltaschen und verpacke diese in unsere Satteltaschen."

Sam stieg vom Pferd und führte alles so aus, wie es ihm aufgetragen wurde.

"Das könnt ihr nicht machen!" beklagte sich Clyde. "Wir werden ohne Munition in der Wildnis draufgehen!"

"Halb so wild, Clyde. Wir werden euch eine Patronenschachtel mit 18 gemischten Patronen für Gewehre und Colts dalassen." beruhigte ihn Shewadsneh.

"Ihr seid verrückt! Bloss 18 Patronen für uns alle!" wetterte Clyde erneut.

"Mehr gibts nicht. Sonst kommen unser Clyde und seine Spitzbuben nämlich auf dumme Gedanken." erwiderte Shewadsneh schneidend.

Nun verstummte auch Clyde. Cole und Red Crow schwiegen ohnehin schon.

Nachdem Sam die 18 verschiedenen Patronen in eine Schachtel abgezählt hatte, legte er diese mit den nun leeren Waffen ungefähr 30 Yard von ihnen entfernt auf dem Grasboden nieder.

"Sam, schneide nun die Fesseln unserer Genossen und ihrer Gäulen los." fügte Shewadsneh an.

Nachdem Sam dies alles schweigsam unter der bewaffneten Aufsicht seiner Kameraden erledigt hatte, stieg er wieder auf sein Pferd.

"Habts gut, Jungs. *So long!*" lächelte Shewadsneh. Dann ritten er und seine Gefährten mit den zwei übrigen Pferden der Banditen im Schlepptau in nördlicher Richtung davon.

Zurück blieb ein völlig desillusionierter Männerhaufen.

******

Kapitel 38

Shewadsneh, Sam und Long Kendrick begaben sich erleichtert auf den Rückritt zum Oglala Tipidorf. Clydes Bande waren sie endgültig los.

"War doch gepfeffert, wie wir sie überrumpelt haben." grinste Kendrick zu Sam, der neben ihm ritt.

"Alle Wetter. Das war ein Prachtstück!" bestätigte ihm Sam.

"Wenn die Kerle sich dann wieder in ihren heimatlichen Gefilden befinden, werden sie nach Vergeltung dürsten. Bis dahin sind wir jedoch längst über alle Berge." schmunzelte Shewadsneh.

"Wer weiss... Sie haben so viel Ungemach auf ihrem sogenannten 'gerechten Feldzug' erlitten, dass es mich nicht wundern würde, wenn noch ein unrühmliches Ende auf sie lauert." mutmasste Kendrick.

"Die Indianer würden sagen: Das entscheidet allein der grosse *Wakan Tanka*. Besonders da sie ja allerhand Übles auf ihren Schultern mitschleppen, dass sie ihr Leben hindurch angesammelt haben - jeder Einzelne von ihnen." fasste Shewadsneh zusammen.

"Well, die Rechnung wird einem immer dargereicht - früher oder später! Dies hat mich das Leben gelehrt." stellte Kendrick fest.

Während sie so redeten und schwiegen und nebeneinander herritten, verschwand die Sonne allmählich hinter dem Horizont.

Eine zunehmende, kühlere Abendbrise blies ihnen entgegen und es wurde Zeit für ein Nachtlager. An einer günstigen Stelle, zwischen grösseren Felsbrocken, schlugen sie ihr Übernachtungscamp auf.

Nachdem sie alles zubereitet hatten, hockten die Gefährten noch eine Weile um das Nachtfeuer herum
und verzehrten ihre Mahlzeit.
Es gab eine klare Nacht und das Sternenzelt am
Himmel erstrahlte in seiner vollkommenen Schön-
heit.
"Wenn man die Schöpfung so betrachtet, würde man
sich beständig nur Frieden und Ruhe wünschen..."
äusserte sich Kendrick, die Sterne ansehend.
"Ich empfinde dies genauso - wie es auch jeder freilebende Indianer verspürt. Hier in Amerika gibt es genug Land - für alle!" betonte Shewadsneh.
In solche Gespräche versunken verstrich die Zeit bis
tief in die Nacht.

******

Kapitel 39

Clyde Thompson benötigte die ganze Nacht, um diesen Tiefschlag halbwegs zu verdauen. In seinem bisherigen Leben war er noch nie dermassen ausgetrickst worden. Er konnte dies nicht ungeschehen machen und seine Psyche erlitt deswegen einen erheblichen Knacks!

Dies bemerkten auch seine beiden Begleiter Cole Younger und Red Crow.

Nach einer unruhigen Nacht aller Beteiligten spöttelte Cole am nächsten Morgen: "Na, Clyde? Scheinbar hast du deinen Meister gefunden?"

"Diesen elenden, weissen Indianer werde ich - verdammt nochmal - eines Tages doch noch massakrieren!" grollte Clyde.

"Posaune es nicht so heraus, Clyde. Shewadsneh ist uns allen überlegen." stellte Cole nüchtern fest.

"Der weisse Indianer, den man *She-wad-sneh* nennt, steht unter dem besonderen Schutz von Wakan Tanka." bestätigte Red Crow.

"Halts Maul!" fauchte Clyde den Scout an, dann schwieg er.

"Ich denke, wir sollten uns schnellstens auf den Weg nach *Stonewall* machen, und hoffen, dass wir dort heil ankommen." übernahm Cole nun das Kommando.

Da dies offensichtlich das Klügste in ihrer gegenwärtigen Lage war, bestieg man die Pferde und schlug die Richtung nach Stonewall ein.

Sie ritten in einem gemässigten Tempo, das man über eine längere Distanz einzuhalten vermochte, vorwärts.

Nachdem sie so mehrere Meilen zugeritten waren, beschlossen sie einen kurzen Rasthalt einzulegen. In günstigem Gelände, bei einem kleinen Fliessgewässer, taten sie dies. Die Banditen stiegen von ihren Pferden und banden diese an den kleinen Sträuchern fest. Anschliessend liessen sie ihre Tiere sich, am fetten Gras das hier reichlich wuchs, sattfressen. Sie selbst tranken etwas Wasser aus ihren Feldflaschen und verzehrten ein bisschen Proviant. Nachdem die Clique etwa eine Stunde geruht hatte und ihre Feldflaschen wieder auffüllte, liessen sie die Pferde noch einmal ordentlich saufen. Dann stiegen sie wieder auf und ritten weiter. Diesen Vorgang wiederholten sie während des Tages einige Male. Am Abend schlugen sie dann ein anspruchsloses Nachtlager unter einer Gruppe Kiefern auf.

***

Von den Hügeln aus beobachteten Wabasha und Grey Bear schon eine Weile dieses Männertrio. Die zwei Indianer folgten ihnen unauffällig, immer mit genügendem Abstand, so dass sie nicht entdeckt werden konnten. Freilich fiel ihnen auf, dass diese Männer es sehr eilig hatten und deshalb ihrer Umgebung nicht die nötige Aufmerksamkeit schenkten. Ebenso besassen sie drei Gewehre und vier Colts. Sicher hatten sie auch noch genügend Munition in ihren Satteltaschen. Solche Dinge waren für die beiden äusserst begehrenswert, denn sie besassen ausser Pfeil, Bogen und

Tomahawks keine anderen Waffen. Deshalb wollten sie an diese wertvollen Feuerwaffen herankommen.

Nachdem sie der Gruppe den ganzen Tag gefolgt waren, sahen sie, wie die drei unter einigen Kiefern ihr Nachtlager aufschlugen.

Die Indianer lagen flach auf dem Hügelkamm und beobachteten genau, wie sie das Nachtlager organisierten. Nach einer Weile legten sich die zwei Weissen zum Schlafen hin und der Indianerscout übernahm die erste Nachtwache.

Nun nahte die Zeit, sie zu töten, um sich ihrer Schusswaffen und Pferde zu bemächtigen.

Sie warteten bis nach Mitternacht zu.

***

Das Nachtfeuer erlosch allmählich und verwandelte sich in Glut. Red Crow entschloss sich, noch einige trockene Äste aufs Feuer zu legen, um es wieder auflodern zu lassen, damit es um den Lagerplatz herum nicht allzu dunkel wurde. Er stand deshalb auf, um für sein Vorhaben einige dürre, herumliegende Äste aufzuklauben.

Gerade mal zwei Yard neben ihrem Schlafplatz wurde er fündig. Er wollte sich bücken, um die einzelnen Äste aufzuheben.

Das war das letzte, was er versuchte!

Zwei Indianerpfeile bohrten sich mitten in sein Herz. Red Crow war sofort tot und stürzte rückwärts auf den Grasboden.

Es gab einen dumpfen Laut, als er aufschlug.

Clyde, der in der Wildnis einen leichten, nervösen Schlaf hatte, schreckte deswegen auf und griff nach der Winchester, die neben ihm lag.

Er erhob sich darauf in eine sitzende Stellung, dann trafen auch ihn zwei Pfeile ins Herz. Bevor er starb, röchelte er noch einen Laut hervor.

Cole wurde dadurch schlagartig hellwach. Er lag etwas abseits neben der Feuerstelle, deshalb vermochte er sich, rechtzeitig, auf dem Grasboden in die dunkle Nacht wegzudrehen und seinen einzigen, geladenen Colt aus dem Holster zu reissen.

Wabasha, der mit dem Tomahawk auf ihn losstürzte, erschoss er aus dieser liegenden Stellung heraus mit dem Colt.

Nun hatte er noch fünf Kugeln und einen weiteren Indianer, den er in der Dunkelheit nicht ausmachen konnte.

Cole robbte zur nächsten Kiefer. Dort, hinter dem massiven Baumstamm, erhob er sich vorsichtig und lauschte in die Nacht.

Die Stille war nervenzerreissend. Er hörte ein Käuzchen rufen. Dann wieder nichts. Sanft rauschte der Nachtwind durch die Kiefern.

Dann vernahm er ein leises Rutschen unmittelbar hinter seinem Rücken. Blitzschnell drehte er sich um - keine Sekunde zu spät. Grey Bear stürzte sich mit erhobenem Tomahawk auf ihn.

Cole zog den Abzugshahn seines Schiesseisens durch und Grey Bear brach dicht vor ihm tödlich getroffen zusammen.

Der Revolverkämpfer war sich jedoch nicht sicher, ob sich nicht noch mehr Indianer in der Gegend aufhielten. Deshalb lauschte er weiterhin angespannt in die Nacht hinaus.

Nach einer Weile beruhigte er sich.

Nein, es war offensichtlich niemand mehr in seiner Nähe.

Er schob den Colt wieder ins Holster zurück.

Nun schritt Cole zum fast erloschenen Feuer hin und trampelte die Restglut mit den Stiefeln aus. Als er dies beendet hatte, blickte er sich um.

Er hatte diesen nächtlichen Überfall als einziger überlebt!

Clyde und Red Crow waren mausetot. Ebenso die beiden Indianer.

Nun war er ganz alleine - mit zwei Reservepferden und 16 Patronen Munition. Nicht gerade viel!

Er nahm seinen toten Gefährten die Waffen ab und versorgte diese im Sattelzeug der herrenlosen Pferde.

Danach packte er die Wolldecken und rollte und verschnürte diese ebenfalls auf den Sätteln der Pferde.

Dann hockte er auf seinen Hengst und nahm die zwei Pferde seiner toten Freunde ins Schlepptau.

Danach - noch ehe der Morgen anbrach - ritt er weg von diesem entsetzlichen Ort.

Notgedrungen liess er die Leichen unbestattet liegen - als Frass für die Wolfsrudel.

Denn Cole Younger hatte es plötzlich verdammt eilig, aus dieser verteufelten Wildnis und dem verfluchten Indianerland herauszukommen.

******

Kapitel 40

Im Verlauf des nächsten Tages erreichten die drei Freunde das Oglala Tipidorf.

Freudig wurden sie von den Stammesmitgliedern willkommem geheissen.

Da sie länger als geplant fortgeblieben waren, hatte man schon befürchtet, es wäre womöglich Schlimmeres geschehen.

Grey Dog, Red Sun und White-Rose befanden sich unter den Vordersten, die die Gefährten empfingen.

Sie hatten sich grosse Sorgen um Long Kendrick gemacht.

Als sie nun aber feststellten, dass er zwar müde, aber wohlbehalten auf das Dorf zuritt, waren sie beruhigt.

Auch Black Shawl und Crazy Horse standen in den vorderen Reihen, um Sam und Shewadsneh zu sehen.

Sie wussten natürlich, dass ihre Freunde nicht so leicht zu schlagen waren. Dennoch waren die beiden auch spürbar erleichtert, als diese nun wohlbehalten mit noch zwei weiteren Pferden im Schlepptau zurückkehrten.

Die Freunde stiegen ab und übergaben ihre Pferde in die Obhut der wartenden Indianerjungen, damit diese sie absatteln, abreiben und in die Koppeln bringen konnten.

Crazy Horse und Black Shawl traten auf die drei zu und begrüssten sie freudig: "Meine Freunde und Brüder, mein Herz freut sich über eure glückliche Rückkehr. Wie ich sehe, habt ihr euer Vorhaben mit Erfolg abgeschlossen."

"Mein roter Bruder Crazy Horse hat es richtig erkannt. Clydes Meute verlässt das Bighornland und lässt ab von ihrem schmählichen Feldzug gegen uns." antwortete Shewadsneh.

"Well, diese Bastarde sind wir zumindest für eine längere Zeit los - vielleicht sogar für immer. Ich denke, wir haben ihnen prächtige Gedächtnistafeln verpasst!" knurrte Sam.

"Ich glaube, sie wagen es nicht wieder so schnell, ins Bighornland zu reiten..." resümierte Long Kendrick.

"Das sind erfreuliche Nachrichten, Freunde. Kommt. Wollen wir mit unseren Squaws eure Ankunft beim gemeinsamen Mahl in meinem Wigwam geniessen." lud sie Crazy Horse ein.

Darauf fanden sich die Gefährten zu einem köstlichen Mahl ein, das Black Shawl, Red Sun und White-Rose zubereitet hatten.

******

15. August 1876

Der Grosse Rat in Washington erlässt ein neues Gesetz, demzufolge die Indianer alle Rechte auf das Land am Powder River und die Black Hills aufgeben müssten - mit der Begründung, die Indianer hätten den Vertrag von 1868 widerrechtlich übertreten und gegen die Vereinigten Staaten Krieg geführt.

5. September 1877

Crazy Horse wird als Gefangener im Fort Robinson, mit dem aufgesteckten Bajonett eines Armeegewehres vom Wachtposten, Private William Gentles, hinterrücks erstochen.

Im Juni 1880

Cole Younger wird im Revolverkampf gegen den berüchtigten Johnny Ringo in Tombstone erschossen.

1886

Long John Kendrick fällt in den nachfolgenden Indianerkriegen.

15. Dezember 1890

Sitting Bull wird bei seiner Blockhütte in Standing Rock gefangengenommen und während dem darauffolgenden Handgemenge von Bull Head und Red Tomahawk erschossen.

1876 bis 1890

Shewadsneh, sowie Sam Coperfield, der in späteren Jahren zu Reichtum gekommen ist, setzten sich weiterhin für ihre Freunde und Brüder, die Indianer, ein.

Quellen-Angaben:

Alle indianischen Zitate und historischen Fakten, die in der Erzählung vorkommen, stammen aus der Dokumentation des Buches (sowie Recherchen im Internet)

Bücher:

Begrabt mein Herz an der Biegung des Flusses; Kapitel 12: Der Krieg um die Black Hills; Autor: Dee Brown (Deutsch von Helmut Degner); 9. Auflage 1993; Copyright: Hoffmann und Campe Verlag, Hamburg 1972; ISBN 3-455-08873-2
(Titel der Originalausgabe: *Bury My Heart at Wounded Knee*; Erschienen bei Holt, Rinehart and Winston, New York; Copyright: 1970 by Dee Brown)

Zeichnungen:

Cover Rückseite: "Die Schlacht am Little Bighorn River", 25.+26. Juni 1876 USA
(frei nach dem Original "Battle of Little Big Horn" von Autor Piotr Tysarcik von der Free Software Foundation).
https://creditvecommoms.org/licenses/by-sa/3.0/deed.de

Cover Vorderseite: "Indianerhäuptlinge", frei nach Martin Neidhart (Marlin).

VITA VON MARLIN

*MARLIN (Martin Neidhart), aus Bern, Schweiz, war ehema-
liger Spitzensportler und in drei Disziplinen erfolgreich. Im
Judo wurde er zweimal Mannschaftsschweizermeister.
Dann wechselte er zum Powerlifting (IPF). Er errang Bronze
und Silber an den Schweizermeisterschaften.
Den dritten Wechsel realisierte er mit 40 Jahren und er-
kämpfte sich mit 42 Lenzen die Bronzemedaille in der Mas-
ter-Open-Class im Bankdrücken (IPF) an den Schweizermeisterschaften.
Als Kunstschaffender wurde er an internationalen Ausstel-
lungen des europäischen Kulturkreises Baden-Baden und
der Galerie Kleiner Prinz Baden-Baden mit sechs Auszeich-
nungen geehrt (2000-2013).
Er führte 18 Jahre lang ein eigenes Unternehmen für Ta-
pezier- und Kunstmalerarbeiten.
Sein Debütroman "Blütenzeit in Marokko" (publiziert 2012
vom Literareon-Verlag München) wurde an der Münchner
Bücherschau (Nov. 2013) ausgestellt.
Die Erzählungen "Jonewa" (2015), "Hobos-Trail" (2016) und
"Shewadsneh" (2016) veröffentlichte der AAVAA-Verlag-
Berlin.
"Jonewa - König von Kylgor" wird vom Moko-Verlag, Soest-
Ampen (D), im Juni/Juli 2020 publiziert.
Marlin war Mitglied des Komitees zur Erschaffung eines
neuen Literaturpreises: Den "Kurt Marti Preis des BSV",
dotiert mit 10 000 CHF.
Ebenso war er in der Literaturjury für diesen Preis tätig,
der erstmals am 12.09.2018 in Bern verliehen wurde.
Marlin ist auch im 2020 Mitglied der Literaturjury dieses
Preises, der jetzt alle zwei Jahre vergeben wird.
Er ist verheiratet und engagiertes Mitglied der "Kirche Jesu
Christi der Heiligen der Letzten Tage" (Mormonen).*

LINKS

https://www.writeronline.de/2016/12/12/autor-marlin

https://www.lovelybooks.de/autor/Marlin

www.bsv-bern.ch *(Martin Neidhart eingeben)*

www.facebook.com/AutorMarlin/

marlin autor

@AutorMarlin